京都桜小径の喫茶店２
～神様の御使いと陰陽師～

卯月 みか

JN109204

一二三
文庫

この物語はフィクションです。
実在の人物、団体等とは一切関係がありません。

目次

一章　北野天満宮《きたのてんまんぐう》の神牛

スマホが、ピコンと鳴る音で目が覚めた。

ぼんやりする頭のまま、布団の中から手を伸ばし、枕元で充電していたスマホを引き寄せる。液晶画面に目を向けると、メッセージアプリにメッセージが届いていた。

『愛莉《あいり》。昨日はありがとう。京都観光、楽しかったよ！』

（瑞葉《みずは》からか）

東京に住んでいる、短大時代の友人からのメッセージだった。

私・水無月《みなづき》愛莉は、寝起きで重い体をベッドの上に起こすと、瑞葉に返信を送った。

（『いつでも京都に遊びに来てね』……っと）

するとすぐ既読になり、ウサギのキャラクターが「ありがとう」と言っているスタンプが戻ってきた。

ヒヨコが「またね」と言っているスタンプを返すと、私は窓へ視線を向けた。カーテンの隙間から、春の柔らかな朝の陽ざしが差し込んでいる。

「今日も天気が良さそう。よかった」

今は三月の下旬。桜の蕾《つぼみ》も膨らみ、気の早い花は咲き始めている。もう少しすれば満開になり、花見のシーズンに突入するだろう。

私の職場は、京都の桜の名所、『哲学の道』という散策路沿いにあるカフェだ。店名を『Cafe Path』という。

もともと東京に住んでいた私が、失業と失恋を機に、京都へと引っ越してきたのは去年の六月。たまたま雑誌で目にした『哲学の道』の写真に心惹かれ、京都を訪れた私は、運命的に『Cafe Path』に出合った。

カフェでの仕事は楽しく、毎日が充実している。

それなのに――。

（なぜだろう。今日はとても憂鬱《ゆううつ》な気持ち）

胸に、鉛が詰まっているような息苦しさを感じる。

私は、のろのろとベッドから下りた。途端に立ち眩みがし、その場に座り込む。

（力が入らない。体がすごく重い……頭、痛い。でも、お店を休むわけには……。昨日、無理を言って有給をもらったのだもの）

昨日は、東京から京都旅行に来た瑞葉の観光に付き合うため、仕事を休ませてもらったのだ。

（瑞葉とはしゃぎすぎて、疲れちゃったのかな……）

食欲はなかったものの、なんとか朝ご飯を食べ、疲労回復のサプリメントを飲み、身だしなみを整えて、家を出る。

私は、『Cafe Path』のオーナー・一宮颯手《いちみやはやて》のお母さんが管理をしている、木造二階建ての古いアパートに住んでいる。アパートは、二階に三部屋、一階に三部屋の造りで、私の部屋は、二階の南端だった。

自室の扉に鍵をかけていると、隣の部屋の扉が開き、男性が姿を現した。

「よう」

「あっ、誉《ほまれ》さん。おはようございます」

少し長めの髪に、うっすらと生えた無精ひげ。鋭い目もと。左頬に大きな古傷があり、一見、ヤの付く人に間違われそうな外見をした彼は、私の隣人の神谷《かみや》誉だ。

誉さんは手にタバコの箱を持っていた。朝の一服に出てきたのかもしれない。

(朝からタバコだなんて、不健康だなぁ)

そんなことを考えていると、誉さんが私の顔を見て、怪訝そうに眉を寄せた。

「あんた、なんだか元気がなさそうだな」

「えっ……」

まだ挨拶しか交わしていないのに、私の体調不良に気が付いたのかと目を丸くしていたら、誉さんが歩み寄ってきた。

私の前まで来た誉さんは、真面目な表情で私を見つめた。背の高い誉さんの顔を見上げ、

（あ……誉さん、目の下に隈ができてる）

私も、彼の顔色が悪いことに気が付いた。

（徹夜明けかな？）

誉さんの職業は漫画家だ。締め切り前になると、徹夜で仕事をすることがあるらしい。

「誉さんこそ、疲れていませんか？」

問い返すと、誉さんは鳩が豆鉄砲を食らったような顔をした。

「どうしてそんなことを聞く？」

「だって、目の下に隈ができていますよ。昨夜は寝ていないんですか？」

自分の目もとに指をあて、ふふ、と笑ったら、誉さんは「あー……」と言って頭をバリバリと掻いた。けれど、すぐに手を止め、

「俺のことはいいんだよ。あんたこそ、死人みたいな顔しやがって。――どこで憑けてきたんだ？」

と、目を細めた。

「憑けてきた？」

　言葉の意味がわからず首を傾げる。

「気付いていないのか？　あんたの体から、負の気が漂いまくってるぞ。他者との境界線の薄いあんたのことだ。大方、誰かの強い負の念にあてられたんだろう。ちょっと待ってろ」

　誉さんは背中を向けると、自室へと入っていった。すぐに再び外に出てきて、私のそばへ近寄ると、人の形に切り抜いた和紙を見せた。

「念を祓ってやるよ」

「それ、なんですか？」

「人形《ひとがた》だ。これに、穢れを移す」

　そう言うなり、私の額に人形をあてた。誉さんの突然の行動に驚き、びくっと体を震わせる。

「動くなよ」

　誉さんが、私の左手と右手に人形を滑らせる。その次に胸、最後にお腹に人形を触れさせた後、私の目の前に人形を掲げた。

「この人形に息を吹きかけてくれ」

　言われるがまま、ふぅっと息を吹きつける。

（一体、なんのおまじないなんだろう？）

不思議に思っていると、誉さんはシャツの胸ポケットからライターを取り出した。小声で何かを唱え、人形の足に火を点け、手を離す。人形は、あっという間に炎に包まれた。

もともと小さな紙だったので、すぐに火は消えてしまい、残った灰は春の風に攫われて飛んでいってしまった。

「気分はどうだ？」

灰の行方を目で追っていた私に、誉さんが静かに問いかけた。

「気分？　えっ？　……あれっ？」

自分の体に意識を戻し、私は目を瞬かせた。先ほどまで感じていた体の重さがなくなり、頭痛もいつの間にか治っている。

「さっきまで、あんなにしんどかったのに、急に楽になったような……。どうして？」

「なら、よかった。――あんた、昨日は確か仕事が休みだったな。どこへ行っていたんだ？」

不思議な現象に驚きながら、昨日の行動について答える。

「東京から友達が遊びに来ていたので、京都の観光案内をしていました。清水寺《きよみずでら》や、八坂庚申堂《やさかこうしんどう》、安井金比羅宮《やすいこんぴらぐう》に、行って来たんですけど……」

すると、誉さんは、眉間に皺を寄せて息を吐いた。

「なるほど。そりゃ、憑かれてもおかしくないな。あんたなら」

「もしかして……安井金比羅宮、ですか？」

心当たりがあるといえば、あそこだろう。

不安な気持ちで聞いてみたら、誉さんは「正解」と頷いた。

安井金比羅宮――京都市東山区《ひがしやまく》に位置し、縁切りと縁結びのご利益で有名な神社だ。

境内には中央に穴の開いた巨石、『縁切り縁結び碑《いし》』がある。願いごとを書いた形代《かたしろ》を持ちながら表から裏へ潜ることにより悪縁を切り、裏から表へ潜ることにより良縁を結び、最後に石に形代を貼り付け祈願をする。

安井金比羅宮はパワースポットとして有名で、切実に誰かと縁を切りたいと願う人々がやって来る。

「実は安井金比羅宮で女の人とぶつかったんです。彼女が落とした絵馬を拾ったら、恋人の浮気相手の不幸を祈願する言葉が書かれていて……私、すごく怖かったんです」

私は、昨日訪れた安井金比羅宮での出来事を思い出し、暗い気持ちになった。

本殿《ほんでん》へお参りをしようと歩いていたら、絵馬掛所に向かおうとしていた女性とぶつかってしまった。彼女が持っていた絵馬を落としたので、「ごめんなさい！」と謝って、慌てて拾おうとしたら、そこには、実名入りで、「恋人と浮気相手の縁が切れ、あの女に不幸が訪れますように」という願いごとが書かれていた。その内容にぎょっとしている間に、彼女は自分で絵馬を拾い上げ、隠すように抱いて、絵馬掛所に駆け寄っていった。素早く絵馬を掛け、足早に去っていく女性の背中を、私は複雑な思いで見送った。

（あれは、願いを超えた呪いのようだった）

女性の絵馬を見た瞬間、背筋が震えた。同時に、神様の力に頼らなければ苦しみから逃れることができない人々が、世の中に確かに存在するのだという事実が、私の胸を締め付けた。

その時の気持ちを思い出し、唇を噛んでいると、誉さんが私の額を指でピンと弾いた。

「知らない人間の悪意に影響されるな」

弾かれた額をさすりながら誉さんを見上げると、彼は真面目な表情を浮かべていた。

「相手の負の感情を受けとめやすく、霊的なものと融和性のあるあんただから、絵馬に込められていた強い思いを感じ取りすぎてしまったんだろう。大方、昨夜はそのことについて、あれこれ考えていたんじゃないか？」

誉さんに図星を指され、恥ずかしくなる。彼の言うとおり、昨夜は、安井金比羅宮で出会った女性のことが頭から離れず、悶々としていた。

(気にしすぎだとわかっているけれど……)

「あんたは人一倍敏感だからな」

彼の言うとおり、私は元来「気にしすぎ」のきらいがある。人の悪意や、怒りや、悲しみといったネガティブな感情に左右されやすい。

誉さんのおばあさんは、古から続く陰陽師の血筋だったという。その遺伝で、誉さんは陰陽道の力を持っている。お母さんがシャーマン的な巫女だったらしく、神道の力もある誉さんは、本業の漫画家の傍ら、超常現象的なお悩みごとを解決する、拝み屋の仕事をしている。主に、憑き物や呪いを祓ったり、まじないの札を書いたりしているようだが、神様に祈願して雨を止ませるような大きな力を使うこともある。

今も、私に憑いていた負の念を、人形を使い、祓ってくれたのだろう。

「誉さん。神様って、人を不幸にしてほしいというお願いごとも、聞いてくださるものなんですか？」

やりきれない思いで問いかけると、誉さんは、

「神様は、人を傷つけるような願いは叶えてくれないさ。俺はそう信じている」

と、はっきりと言い切った。

「神様が結ぶのは縁だ」

誉さんは以前、「神様は人の願いを直接的に叶えることはできない」と話してくれたことがある。人が願いを叶えられる道に進めるよう、神様は、ご縁やきっかけを与えてくださるが、そのご縁を強くして願いを叶えるのは、自分の力で為さねばならないことなのだと。

「それなら、悪縁に捕らわれて、苦しくて苦しくて、神様にお願いするしかない人たちは、どうすればいいんですか？」

私は悲しい気持ちで、誉さんにさらに問いかけた。

「安井金比羅宮の御祭神《ごさいじん》は、崇徳《すとく》天皇だ。崇徳天皇――崇徳上皇は、保元《ほうげん》の乱に敗れ、讃岐《さぬき》に流された後、諸々一切の欲を絶って、おこもりしたそうだ。それにならって、縁切り祈願が生まれたらしい。――安井金比羅宮のご利益は、悪縁を祓って縁を切ることにより、新たな縁を結ぶ、縁結びだ。神頼みをする人々の中には、自分の力ではどうにもできない悪縁に苦しめられている人もいるだろう。切りたいと願う縁は、人間関係だけではない。病気、仕事、弱い自分の心……。そんな人々には、神様がきっと、幸せに繋がる縁を結んでくれるはずさ」

（本当にそうなら……いいな……）

私は、今も恋人の浮気に苦しめられているであろう女性のことを思い、心の中で祈った。

「愛莉。あまり、他人に心を寄せすぎるな」

「すみません。誉さんには、いつも助けてもらってばかり……」

「構わない。だから、謝る必要もない」

誉さんはそう言うと、私の頭をぽんと叩いた。ふっと気持ちが軽くなる。

「一応、念は祓ったが、また体調が悪くなるようなことがあれば言えよ」

「はい」

誉さんの気遣いが嬉しい。

「あんた、これから出勤するんだろう？　時間はいいのか？」

「あっ！」

私は慌てて腕時計を見た。十時二十五分。勤務開始時間は十時半。今から『Cafe Path』に向かうと、遅刻をしてしまう。

「急いで行かなきゃ……！」

慌てて駆け出そうとした私の腕を、誉さんが掴んだ。

「どうせ遅れるんだ。焦っていくことはないさ。開店準備なら、颯手一人でできるだろ」

「でも……」

優しい颯手さんは少々の遅刻を怒りはしないと思うが、それでもやはり申し訳ない。

「一緒に行って俺が説明してやるよ。朝飯もまだだしな」

誉さんはそう言うと、私の腕を放し、スマホを取り出した。液晶画面に指を滑らせているので、颯手さんに連絡を入れてくれているのだろう。

「遅れて行っても大丈夫だそうだ」

すぐに返信があったのか、誉さんは私に向かってひらりと手を振った。私は「それなら」と気持ちを切り替えると、アパートの外付けの階段を下りていく誉さんの後に続いた。


アパートの前の通り（鹿ケ谷通《ししがたにどおり》という）をしばらく歩いた後、私たちは坂を上り、『哲学の道』に入った。

『哲学の道』は、もともと、琵琶湖疏水《びわこそすい》の管理用道路だったそうだ。この道を、京都大学の哲学者・西田幾多郎《にしだきたろう》などが、思索に耽りながら散策をするようになり、『哲学の小径』などと呼ばれるようになった。画家の橋本関雪《はしもとかんせつ》と夫人が桜を寄贈し、現在の桜並木のもとになったらしい。一九七二年に散策路に整備され、現在は、桜の名所として親しまれている。

北は銀閣寺《ぎんかくじ》近くの銀閣寺橋から、南は熊野若王子《くまのにゃくおうじ》神社近くの若王子橋まで続く『哲学の道』は、約一・五キロ。端から端まで歩くと、三十分ほど時間がかかる。『Cafe Path』は、若王子橋寄りの場所にあった。

「桜、もうそろそろ咲きそうですね」

桜の木を見上げてみると、枝にいくつもの蕾が付いている。

この場所の桜が見たくて、京都にやって来た。その願いがもうすぐ叶うと思うと、期待で胸が膨らむ。

「ちらほらと咲いているところもあるな」

「綺麗ですね」

「満開になると、もっと綺麗だぞ。桜のトンネルみたいになるんだ。その頃は、花見の観光客で賑わうから、店も流行るんじゃないか？」

誉さんと話しているうち、疏水の向こう側に洋館風の建物が見えてきた。大きな窓が開いていて、中に一人、若い男性の姿があった。颯手さんだ。

私と誉さんは手前の小さな橋を渡ると、建物へ向かった。扉の横には『Cafe Path』と書かれた看板が掛かっている。一見、おしゃれな民家のようで店だとわかりづらいこのカフェが、私のアルバイト先だ。

誉さんが扉を開くと、カランとドアベルが鳴った。テーブルを拭いていた颯手さんがこちらを向き、

「おはよう、二人とも」

と、笑顔を見せた。

「すみません、遅刻してしまって」

私が頭を下げると、颯手さんは手を左右に振った。

「かまへんよ。愛莉さんが遅れるなんてめずらしいね」

颯手さんは柔和で端正な面立ちの男性で、誉さんと従兄弟だというのが不思議なほど似ていない。ちなみに、彼もまた、おばあさんの血を継いで、陰陽師としての力を持っている。

誉さんが、私が負の念に憑かれて体調が悪かったのだと説明をすると、颯手さんは驚いた後、気遣うような目を向けた。

「そうやったんや。それは朝から大変やったね。もう体は大丈夫なん？」

「大丈夫です。すぐに着替えてきますね」

私は笑顔で答えると、急いで階段へ向かった。

『Cafe Path』の二階は従業員用の更衣室、兼、休憩室になっている。テーブルと椅子が一セット置いてあり、壁には西洋画と日本画がごちゃまぜに掛かっている。

ここは以前、誉さんと颯手さんのおばあさん・勢津《せつ》さんが経営していたギャラリーだったそうだ。ここに掛けられている絵は、その名残というわけだ。

中に一枚、上品な老婦人の絵があり、前まで行くと、私は「おはようございます。勢津さん」と挨拶をした。肖像画に描かれた勢津さんは、今日も美しく微笑んでいる。

手早くエプロンを腰に巻き、階段を下りる。誉さんは疏水の見える席に座り、外を眺めていた。颯手さんはテーブルを拭き終わったのか、レジにお金を入れているところだ。腕時計を確認すると、開店まであと五分。私はメニューの書かれたブラックボードを持ち上げ、店の外に出した。

お客様がすぐにやって来ることはなく、『Cafe Path』は、のんびりと開店した。

「誉、ホットサンドイッチでええ?」

「ああ」

颯手さんが注文を聞き、キッチンへ入っていく。私はグラスに水を入れると、誉さんのもとへ運んだ。

テーブルに肘をついて顎を支え、ぼんやりと外を見ている誉さんは眠そうだ。「お疲れですね」と声をかけると、誉さんは私を見上げて曖昧な返事をした。

「ん?　ああ、まあな……」

「漫画のお仕事の締め切りが近いんですか？」

「それもあるんだが、最近、拝み屋の仕事のほうも忙しくてな」

「そうなんですか？」

「昨日も、ちょっと呪いらしきものを祓ってきた」

「呪い……」

まるで「ちょっとそこまで買い物に」ぐらいのノリで物騒なことを言われ、私は苦笑いを浮かべた。

「どんな呪いだったんですか？」

「守秘義務」

「ですよね」

誉さんのお客様は、政治家や社長などといった、お偉方が多いらしい。

「ただ……」

「ただ？」

「最近、多いんだ。呪いをかけられているんじゃないかって言ってくる依頼主が。実際に、命を落としている奴もいるしな」

「そうなんですね……」

この世に、呪い呪われる人が存在するという現実に、胸が痛くなる。

しゅんとしていると、誉さんが肩をすくめた。

「気にするな。呪われている奴には、それなりに理由がある」

「でも、お亡くなりになっているんですよね……」

「だからといって、あんたが気に病むことはない。他人の事情にまで心を寄せすぎると、つらくなるばかりだろうが」

誉さんは、以前、私のメンタルの弱さを、他人の痛みがわかる長所だと言ってくれたことがある。そして、他人に寄り添いすぎる私のことを「境界線が薄い」と表現し、自分と他人は違う人間で、同じ事柄に対しての感じ方も違う——内部世界が違うのだから、気にしすぎないでいいと言ってくれたのだ。

「ま、それがあんたのいいところではあるんだがな」

誉さんが、私を元気づけるように微笑んだ。優しい笑みだ。彼は強面だが、笑うと、柔らかな印象になるのだ。

「……ありがとうございます」

私もつられるように微笑み、お礼を言った。

誉さんと雑談をしていると、しばらくして、キッチンから颯手さんが出てきた。

「お待たせ。できたてで」

トレイにホットサンドイッチとコーヒーを載せ、運んでくる。

「なんや、物騒な話してたやん。呪い祓いの依頼が増えてるって？」

どうやら、私たちの会話が聞こえていたらしい。テーブルの上に皿とカップを置き、颯手さんが誉さんを見た。

「商売繁盛……と言いたいところだが、こんなことで繁盛したくはないな」

「そうやね。まあ、何かあったら手伝うし、言うてな」

「わかった」

颯手さんは誉さんのように拝み屋の仕事を生業《なりわい》にはしていないものの、時々、誉さんの手伝いをしている。

「しかし、これだけ呪い祓いの依頼が多いと気になるな。個人で行われているのか？　それとも、出所があるのか……？」

ひとりごとのような誉さんの言葉に、颯手さんも考え込んだ。

「そういえば、榎木田《えのきだ》さん絡みの、丑の刻参りの事件の時に使われた藁人形、僕、少し気になってたてん」

「去年の話か」

二人が話しているのは、去年、私たちが遭遇した呪詛事件のことだ。榎木田さんという政治家の妻の姉が、恋に狂って、実の妹を殺そうとしたのだ。結局、丑の刻参りの呪詛は失敗し、生き霊になった彼女を説得して、なんとか止められたのだが……。

「あの藁人形、やけに出来が良かってん。素人に、あんなに完璧な藁人形が作れるやろか？」

「俺たち以外にも、呪術に精通しているものがいるっていうのか？」

「ここは歴史ある京都やで。僕ら以外にも、陰陽師の一人や二人、いてもおかしくないで」

（誉さんと颯手さん以外にも、陰陽師がいるの？）

私は驚いて二人の顔を見た。確かに、颯手さんの言うとおり、京都は歴史のある街だ。いると言われれば、信じられそうな気がする。

（陰陽師の力を使って、呪詛を行っているの？）

不安な気持ちになっている私に気が付いたのか、誉さんがこちらを向いた。

「あんたがそんな顔をする必要はない。これは俺たちの領分の話だからな」

誉さんは安心させるつもりでそう言ってくれたのかもしれないが、私は、ほんの少し疎外感を抱いて、口をつぐんだ。

（なんだか寂しいな……）

京都に来てから、私は、神的なものや、霊的なものを感じ取る不思議な力を得た。神様の御使いである神使たちから頼まれごとをされるようになり、誉さんと颯手さんと協力して、様々な問題ごとを解決してきたつもりだったが……。

黙り込んでしまった私に気が付いたのか、颯手さんがこちらを向き、「そうや、愛莉さん」と、明るい声で名前を呼んだ。

「明日、皆で桜を見にいかへん？」

「桜？　でも、まだ時期が早いですよね」

「『哲学の道』は咲いてへんけど、今、ちょうど満開の場所があるねん」

悪戯っぽく笑った颯手さんを見て、誉さんが「ああ、あそこか」と、相づちを打った。

「明日は二十五日や。天神市《てんじんいち》も開かれてるし、ちょうどええやろ」

「そうだな。久しぶりに、長五郎餅《ちょうごろうもち》を買いに行くのもいいな」

「天神市？　長五郎餅？」

「天神市は、菅原道真公《すがわらのみちざね》の誕生日と命日である二十五日に、北野天満宮《きたのてんまんぐう》で開かれる縁日やで。縁日ゆうても、お祭りの時のみたいな感じじゃなくて、いわゆる骨董市やね。長五郎餅は、こし餡を薄い餅皮で包んだ、豊臣秀吉《とよとみひでよし》にも賞賛されたっていう、北野名物のお餅やねん。天神市の日に、境内のお茶屋さんで販売されるねん」

首を傾げた私に、颯手さんが丁寧に説明をしてくれる。

「へえ～。食べてみたいです」

「ほな、決まり」

私が興味を示すと、颯手さんはにっこりと笑った。

＊

そして、翌日。

私と誉さんは、颯手さんの運転する車に乗り、北野天満宮へ向かっていた。

「北野天満宮の御祭神の菅原道真って、詳しくはどんな方なんですか？」

今出川通《いまでがわどおり》を西へ走る車の中で、助手席に座る誉さんと、運転席に座る颯手さんに問いかける。

菅原道真は平安時代の貴族だ。政敵に謀られて失脚し、左遷されたのだと、学生時代に日本史の授業で学んでいた。

「菅原道真公は、平安時代、天皇にお仕えしてはった貴族や。家格が低かったんやけど、学者としては異例の出世をして、右大臣にまで上りつめはったっていう、すごいお人やってん。でも、左大臣の藤原時平《ふじわらのときひら》の一派に謀られはって、大宰府《だざいふ》に左遷されてしまわはった。ほんで、そのまま大宰府で亡くなってしまわはってん」

颯手さんがハンドルを握りながら、すらすらと説明をしてくれる。颯手さんの後を継ぐように、誉さんが続けた。

「道真が亡くなった後、京の都では災いが多発する。時平が三十九歳の若さで死んだり、御所に雷が落ちたりな。『道真公の祟り』だと恐れられるようになり、御神託で、道真を北野の地に祀ることにしたんだ」

「なるほど。そういう謂れだったんですね」

話をしている間に車は京都御苑《ぎょえん》を通り過ぎ、堀川通《ほりかわどおり》という大きな道に出た。信号が赤に変わったので、一時停車する。

「堀川通や。陰陽師にとっては、ゆかりのある場所やね」

颯手さんの言葉に、私は首を傾げた。

「堀川通ってそうなんですか？」

「もう少し南に行くと、平安時代の陰陽師、安倍晴明《あべのせいめい》の屋敷跡に建てられたといわれている晴明神社があるねん。小さいけど、人気の神社なんやで」

「あっ、晴明神社って聞いたことあります！　もしかして、お二人の先祖は安倍晴明だったんですか？」

興味津々で尋ねたら、誉さんが苦笑した。

「長い歴史の中で、安倍家だけではなく他の陰陽師もいたさ。俺たちの先祖がそんな有名人なわけないだろう」

車は堀川通を通り過ぎ、さらに西へと走る。しばらく行くと、右手に「天満宮」と額の掛かった鳥居が見えてきた。鳥居の前には露店が立ち並び、多くの人で賑わっている。

「すごい人ですね！　北野天満宮って、いつもこんな感じなんですか？」

「今日は普段とは比べ物にならねぇな」

「天神市の日は特別や。今日は神社の駐車場は使えへんから、コインパーキングに停めなあかんね」

一旦、北野天満宮を通り過ぎると、颯手さんはコインパーキングを探しだし、スムーズに車を入れた。

車を降り、徒歩で神社を目指す。

鳥居の前に到着すると、食べ物の屋台が軒を連ねていた。あちこちからいい匂いが漂ってくる。お祭りのような市を見て、私は歓声を上げた。

「わあ！　すごい！　楽しそうですね！」

「本殿に参拝をすませて、桜を見に行ってから、後でゆっくり回ろか」

颯手さんに促され、参道を歩く。参道の両側には食べ物の屋台の他に、着物、刃物、漬物の店なども並んでいる。物珍しそうにしている若者は観光客だろうか。慣れた様子で市をそぞろ歩いている人は、中高年が多いようだ。皆、思い思いに、店の商品を物色している。

立派な楼門まで辿り着き、境内に入ると、この中には露店は出ておらず、一気に落ち着いた雰囲気になった。

「お清めしよか」

牛の像が鎮座する手水鉢から、柄杓で水を掬い上げ、手と口を清める。手水舎《ちょうずや》のそばにも、目の赤い、立派な牛の像があった。

（ここにも牛が……）

眺めていると、颯手さんが私の隣に立ち、同じように牛の像を見上げた。

「天神さんの御使いは牛なんやで。道真公の生まれはった年が丑年、亡くならはった日が丑の日やった、とか、『牛に車を曳かせて、自然と止まったところを墓地にしてほしい』ていう遺言どおりにしたら、牛はある場所で止まった、なんていう伝説があるからやね。牛に縁の深いお方やったんやろね」

（だから境内に牛の像がたくさんあるのか）

手水舎の前から離れ、境内を歩きながら、私は首を傾げた。

「木がいっぱいあって花が咲いていますけど、これ、梅ですよね？　桜はどこにあるんでしょう」

境内にはあちこちに梅の木が植わっている。赤や白の花は、盛りが過ぎてしまったのか、少し萎れているものの、まだまだ綺麗だ。

「北野天満宮は、桜ではなく、梅の名所だからな」

不思議な顔をしている私を見て、誉さんがにやりと笑う。

「じゃあ、桜を見に行くって言っていたのは？」

「北野天満宮を出てすぐの場所に、平野《ひらの》神社という神社があるんだ。桜の名所はそっちだ」

そう教えられて納得した。本当の目的地は、ここではなかったということだ。

摂社《せっしゃ》のお社が立ち並ぶ参道を通り抜けると、「天満宮」と書かれた額が掛かった、立派な門の前に辿り着いた。

「『三光門《さんこうもん》』やね。『三光』いうんは、日、月、星のことやねん。でも、あの門の中には、日と月の彫刻はあるんやけど、星だけがない。北野天満宮の七不思議の一つなんやで」

颯手さんの解説を聞きながら『三光門』を潜る。鮮やかに彩色された動物たちの彫刻の間に、赤色の日と、黄色の月が見て取れた。

門の内側に入ると、正面に立派な社殿が現れた。社殿の前にも、花を付けた梅の木がある。そばに「飛梅《とびうめ》　御神木の紅梅」と書かれた石碑が建っていた。

「飛梅……？」

「『東風《こち》ふかば　にほひおこせよ　梅の花　あるじなしとて　春なわすれそ』」

梅を眺める私の隣で、誉さんが和歌を詠んだ。どういう意味だろうと、誉さんのほうを向いて目で問いかける。

「大宰府に左遷されることになり、道真公が詠んだ歌だといわれている。『梅の花よ、春になれば、風に乗って大宰府まで匂いを届けておくれ。主人がいなくなっても春を忘れるな』という意味だな。道真の愛した梅の木は、主人を追って、大宰府まで飛んでいったという伝説があるんだ。この御神木は、その『飛梅伝説』の原種らしい」

「そんなお話があるんですね」

感心しながら飛梅から離れ、三人で拝殿《はいでん》の前に並ぶ。作法どおり参拝を終えた後、颯手さんが提案をした。

「せっかくやし、『一願成就のお牛さん』にもお参りしていかへん？」

「『一願成就のお牛さん』？」

「一つだけ願いごとを叶えてくれる、ありがたい神牛さんや。こっちやで」

颯手さんが私たちを先導し、廻廊を潜る。

右へ曲がり、進んでいくと、絵馬掛所があった。数えきれないほどの絵馬が掛けられている。手前に鳥居が連なっており、その奥に、四隅の柱に屋根の付いた祠が見えた。近付いてみると、祠の中には小さな牛の石像が鎮座していた。

「ここにも牛がいますね。でも、顔がないですね……」

　顔の部分は、擦り削られたかのようにはっきりしない。

「この牛が『一願成就のお牛さん』だ。撫でると、一つだけお願いごとを叶えてくれる。そうやって、たくさんの人に撫でられてきたから、顔がすり減ってしまったんだろう」

　誉さんはお牛さんを優しく撫で、手を合わせた。私も真似をして手を伸ばす。

（いつまでも京都で、このあたたかい人たちと一緒にいられますように……）

　私たちが代わる代わるお牛さんに願をかけていると、鳥居を潜って老年の男性が近付いてきた。私たちに向かって会釈をしてきたので、会釈を返す。四角い顔に、白髪の交じった太い眉毛が印象的なおじいさんだ。

　私たちはお牛さんの前から退き、おじいさんに場所を譲った。おじいさんは、お賽銭を入れ、目をつぶり、熱心な様子で祈っている。祈りの邪魔をしてはいけないと、そっと牛社《うししゃ》を離れた。

「ほんなら、桜を見に行こか」

「ああ」

　歩きだした男性陣の後についていく。

　牛社から近い北門の外に出ると、食べ物の屋台が多かった参道に比べて、物販の露店がずらりと並んでいた。タープテントを立てている店もあり、陶磁器、木工製品、一見何かわからない謎の骨董品が雑然と置かれている店など様々だ。

興味を引かれ、雑貨が並ぶ店に近付いてみる。

「これなんだろう？　ビン……？」

木箱の中に並べられているビンを見つけ、私は小首を傾げた。

「牛乳瓶だな」

「何に使うんでしょう？」

「花瓶とかにしたらええんと違う？」

私と誉さんの会話が聞こえたのか、近くにいた中年の男性が話しかけてきた。てっきり店の人かと思ったら、

「おっちゃん、これもらうわ」

と言って、仏像を差し出している。

「おおきに」

店主らしき初老の男性が、にこやかにお金を受け取っているのを見ながら、「私には価値のよくわからないものも、人にとってはお宝なのだろうな」と思った。

「平野神社は向こうだ。行くぞ」

店の前で前屈みになっていた私の背中を、誉さんが叩いた。

「あっ、はい」

身を起こして、彼の隣に立つ。平野神社はどこだろうと、視線を転じてみると、百五十メートルほど向こうに、大きな朱色の鳥居が見えた。

「本当に近いですね」

「北野天満宮から流れている人も結構いるな」

「ほな行こか」

「はいっ」

元気よく返事をして、歩きだした誉さんと颯手さんの後に付いていく。すると、誰かに、急にスカートの裾を引っ張られ、私はびっくりして足を止めた。

（何？）

パッと振り返ると、私の背後に、妙な格好をした老人が立っていた。小柄で、顔は皺が多く、平安時代の装束のような、古めかしいデザインの着物を着ている。

「お主、噂の水無月愛莉じゃな」

老人に名前を呼ばれ、私は目を瞬かせた。数歩先に進んでいた誉さんと颯手さんが、老人に捕まっている私に気が付いて、急いで戻ってきた。

物腰が柔らかく、にこにこと微笑んでいる老人を見て、私はすぐにピンときた。

「もしかして、あなたは、北野天満宮の神使ですか？」

「いかにも。儂は『一願成就のお牛さん』じゃよ」

老人は、「ふぉっふぉっふぉっ」と笑い声を上げた。

（お牛さん……あっ、そうか！　だからお顔が皺くちゃなんだ）

「神使？」

「お牛さんやって？」

私のそばまで戻ってきた誉さんと颯手さんが、驚いた顔をする。

「お主たちは、神の願いごとを叶えて回っているのじゃろう？　神使たちの間で、有名じゃよ」

お牛さんに悪戯っぽい目を向けられて、私と颯手さんは苦笑し、誉さんは苦虫を噛み潰したような顔をした。誉さんは基本的に面倒くさがりなので、神使からお願いごとをされるのが、あまり好きではないのだ。

「儂が見えるそなたたちに、頼みがある。探し物を見つけてくれんかの？」

「探し物ってなんですか？」

お願いごとを叶えてくれるお牛さんからお願いごとをされるとは思っていなかったので、私は不思議に思いながら問い返した。

「箱じゃ」

お牛さんは探し物の説明を始めた。

「漆塗りの箱でな。螺鈿で桜の模様が入っておるらしい。もともとその箱は、儂のもとに毎日お参りに来る老人の、妻が持っていたものでな。妻は箱を、それは大事にしていたそうなのじゃが、妻が亡くなった後、息子が勝手に古道具屋に売ってしまったらしくてのぉ。夫は形見のその箱が見つかるよう、毎日儂のところへ来て、願をかけておるのじゃ」

「それはお牛さんのお力では見つけられないのですか？」

神様の御使いなら、神様の力で、パパッと探しだせないものなのだろうかと思い、尋ねてみる。

「市に出品されているのは感じるのじゃが、さすがにこれだけの古道具があっては、どこにあるのか、はっきりとわからなくてのぉ……。公も、老人と箱の縁を結べず、困っておるのじゃ。それに、もし見つけたとしても、儂から渡すのは難しいのでな。そこで、渡りに船のお前さんたちじゃ。箱を見つけて、老人に渡してくれんかの？さすがに一年間も毎日お参りに来られては、願いを叶えてやらんと気の毒になってきてなぁ……」

お牛さんは弱った様子で息を吐いた。お願いごとを叶えてあげたくなり、私は、

「いいですよ。お手伝いします」

と、頷いた。

「おい、愛莉、ちょっと待て」

誉さんが私を止めようとしたが、私は彼を見上げて微笑んだ。

「まあ、いいじゃないですか」

お牛さんは嬉しそうに目尻を下げ、

「ありがたい。では頼む」

と、言うと、ふっと姿を消した。

（漆塗りの箱か……）

私は、立ち並ぶ露店に目を向けた。この中から探しだすのは至難の業のように感じたが、「頑張って見つけよう」と気合いを入れる。

「神使からのお願いごとは、神様からのお願いごとや。叶えないわけにはいかへんやろ」

颯手さんに肩を叩かれ、誉さんはガシガシと頭を掻いた。「仕方ねぇな」と溜め息をつく。

「まず、駐車場の露店から見て回ろか。それからUターンして駐車場横の露店をチェックした後、北門に戻って境内を抜けて、参道の露店を探そ」

颯手さんのプランに頷く。

「来た時と逆ルートですね」

「ほな、急ごか。時間が遅くなると、帰ってしまう店もあるから」

「絶対、見つけましょうね」

「見つかるといいがな」

それから私たちは、一店一店、露店を調べて回った。

「あっ、漆塗りの箱がありますよ」

「蝶の柄や。違うんちゃうかな」

「そうですね……」

時々、似たような箱を見つけるものの、桜の螺鈿の入った箱ではなく、落胆を繰り返す。

駐車場の露店を全て回ると、私たちはUターンして車道に出た。こちらにも、たくさんの露店が並んでいる。

「ちりめん山椒だ！　後で買って帰ろうかな」

「ええと思うで。僕は、長五郎餅を買うのを忘れへんようにしいひんと」

喋りながら、こちらの露店も、一店ごとに見て回る。

「あっ！」

古道具を販売している店の前で、私は声を上げた。味のある箪笥の上に、桜模様の小箱が載せられている。

「すみません、その箱を見せてもらえませんか？　そこの黒い箱です」

慌てて、店番をしている若い男性に頼むと、男性は、

「これ？」

と、箱を取り上げた。手を伸ばして受け取る。箱はそれほど大きくはない。蓋は蝶番で本体と留められていて、外れて落ちないようになっていた。

誉さんと颯手さんが両側に立ち、私の手もとを覗きこんだ。

「見つけたのか？」

「はい。これじゃないでしょうか？」

私は箱を二人に見せた。

「漆塗りで螺鈿の細工……確かにこれのようだな。この箱はいくらだ？」

誉さんがデニムのポケットから財布を取り出しながら、店の男性に問いかける。男性は「あれ？　買うの？」というような顔をした後、値段を言った。結構高い値段だったが、誉さんはお札を渡し、箱を購入した。

「見つかってよかったな」

「早速、お牛さんのところへ持っていきましょう」

何気なく箱の蓋を開けると、中は天鵞絨《ビロード》貼りで、半分ほどが上げ底になっていた。

これでは、あまりたくさんのものはしまえなさそうだ。

「もしかして、この箱、オルゴールなんとちゃう?」

颯手さんがそう言ったので、箱を裏返してみると、確かにねじが付いている。

「本当だ。オルゴールみたいですね」

ねじを回してみたが、音が鳴らない。

「壊れているんでしょうか?」

「古いもののようだから、そうかもしれないな。とりあえず、神使に渡しに行こう」

誉さんが歩きだしたので、私と颯手さんも、店の男性に会釈をして、その後に続いた。

北門まで戻り、北野天満宮の境内に入る。

お牛さんの牛社へ向かいながら、私はさらに少しだけねじを回してみた。すると、ギ、ギギと、僅かに音が鳴った。

「もう少しで鳴りそうなのに……」

「愛莉、あんまりいじると、余計に壊れるぞ」

誉さんに注意をされ、確かにそうだと手を止める。箱にばかり気を取られていた私は、階段の段差に気が付かなかった。踏み外してつんのめった私の腕を、隣を歩いていた誉さんが掴む。おかげで地面に膝をつくようなことはなかったが、手を滑らせ、箱を落としてしまった。

「あっ！」

傷がついていないかと心配になり、慌ててしゃがみこむ。箱の蓋は開いていて、拾い上げると、ポロンと音が鳴った。

「音楽が……」

落としたはずみで、オルゴールが動きだしたのだろうか。誉さんと颯手さんも驚いている。

すると突然、私の意識に、誰かの意識がなだれこんできた。

――ごめんなさい……言えなくてごめんなさい……。

胸に迫るような、女性の切ない声が聞こえる。

脳裏に、若い女性がオルゴールの音を聴きながら、泣いている姿が浮かんだ。最初は二十代だった女性の姿は、次第に年を取り、最後は老齢の婦人の姿へと変わっていった。

「愛莉、どうした！」

遠くから誉さんの声が聞こえたが、女性の意識に引っ張られていた私は反応できなかった。

目から涙が流れ出す。

「……ご、ごめ……ごめん、なさい……ごめんなさい、っく……ごめんなさい……っ。私、罪を犯してしまった……」

　オルゴールが手の中でポロンポロンと音を立てている。誉さんが顔色を変え、颯手さんが私の手から素早く箱を取り上げた。

「あかん、何かに取り憑かれてはる」

「颯手！　その箱の蓋を閉じろ！　愛莉、俺を見ろ。それはお前の記憶じゃない。他人の記憶だ。心に境界線を引け！」

　誉さんが鋭い声を出し、私の両肩を掴んだ。

「つく……私、罪を……許されない罪を………」

「箱に込められていた想いが強すぎるのか。なら――」

　誉さんは私の肩から手を離すと、手のひらを合わせ、一度深く息を吸った。そして、

「『神の御息《みいき》は我が息、我が息は神の御息なり。御息を以て吹けば罪は在《あ》らじ。残らじ。阿那清々《あなすがすが》し、阿那清々し』」

　と、三度唱え、私に向かって、強く息を吹きつけた。すると、私の中から風に飛ばされるように誰かの意識が離れ、私は我を取り戻した。

「わ、私……何を……」

「愛莉、大丈夫か？」

いたわるような誉さんの声を聞いて、再びぼろぼろと涙が零れる。

「私、胸が痛くて……すごく、痛くて」

「何かを感じ取ったんだな」

「この箱に誰かの思念が入ってたんやな。オルゴールの音が引き金になって、愛莉さんが同調してしもたんやわ」

「悪かった、愛莉。気が付かなかった」

誉さんが、迂闊な自分を悔いるように、謝罪の言葉を口にした。

「とっととその箱をお牛さんに渡すぞ」

颯手さんの手から箱を取り上げ、誉さんが大股で歩きだす。颯手さんが私の背中に触れ、気遣うように顔を覗きこんだ。

「歩ける？」

「はい、大丈夫です」

頬を濡らした涙を手の甲で拭き取り、誉さんの後を追いかける。

三人で牛社の前まで行くと、私たちの気配に気が付いたのか、お牛さんが姿を現した。

「お牛さん、箱を持ってきたぞ。さっさと引き取れ」

誉さんがお牛さんに箱を突きつける。お牛さんは誉さんの手もとに目を向けると、嬉しそうに微笑んだ。

「そうか。見つけてくれたのじゃな」

けれど、箱を受け取ろうとはしない。

「儂からは、持ち主に返せないのじゃ」

「どういうことですか？」

「儂の姿は、常人には見えぬからな」

私の問いかけに、お牛さんが「残念じゃ」と答えた。

「あっ……」

そうだった。神使の姿を見ることができるのは、陰陽師や、私のような不思議な力を持つ者だけだ。

「その箱は、そなたたちから渡しておくれ」

「でも、私たちには、箱の持ち主がわかりません」

「大丈夫じゃ。持ち主は、決まった時間に、毎日ここへお参りにくる。明日もきっと来るじゃろう」

お牛さんはそう言うと、持ち主が牛社にやって来るという時間を教えてくれた。

「頼むぞ」

一方的にお願いをすると、お牛さんは姿を消した。誉さんが、ちっと舌打ちをする。

「自分勝手な奴だ」

「誉。神様の御使いに対して、失礼やで」

颯手さんが、軽く誉さんを睨んで窘める。

「仕方がない。明日もここへ来るか」

溜め息をついた誉さんは、私に向かって、心配そうに声をかけた。

「悪いな、愛莉。あんたにこの箱は触れさせないから、もう少し我慢してくれ」

「お牛さんからお願いごとをされたのは私なのに、こちらのほうこそ、誉さんと颯手さんを厄介ごとに巻き込んでしまってすみません」

申し訳ない気持ちで頭を下げると、誉さんは「気にするな」とでも言うように、私の頭を、ぽんと叩いた。


思念に取り憑かれた私を心配した誉さんが、「桜はまた今度だ」と言い、平野神社には寄らず、帰ることにした。

帰りの車中で、私は、箱の蓋を開けた時に見えた光景について話した。

オルゴールは、隣に座る誉さんの膝の上にあり、固く蓋が閉じられている。

「その箱には、ある女性の想いが詰まっています。ご本人はもう亡くなっているんですけど、ご結婚されていて、ご主人と息子さんがいます。誉さん、そのオルゴールの上げ底を取ってくれませんか？」

誉さんは箱の蓋を開けると、上げ底の隙間に爪を入れ、器用に外した。中にはオルゴールの機械と、小さく折り畳まれた紙が二枚入っていた。

「なんだ？」

不思議そうな顔をしながら、誉さんが片方の紙を開く。

それは古い写真だった。若い男女の姿が写っている。男性は細面の綺麗な顔をしていて、女性より年上に見える。色は着いておらず、モノクロだ。写真館で撮ってもらったのか、二人はかしこまった様子でこちらを向いている。

「最初オルゴールが鳴らなかったのは、たぶん、この写真ともう一枚の紙が、シリンダーに挟まっていたからだと思います」

「落ちたはずみで外れたのかもな」

誉さんが納得したように頷いた。

私は話を続けた。

「その写真は、この箱の持ち主と恋人の男性の写真です。ご主人ではありません。女性が結婚前にお付き合いしていた人です。女性はその人と結ばれることはなく、家の都合でご主人と婚約して結婚されました」

私は自分のことのようにつらい気持ちで、ふぅっと息を吐いた。

「結婚後、しばらくして、彼女は男の子を産みました。でもその子は、ご主人の子供ではなかったんです」

「えっ？　その人、結婚してからも、前の恋人と浮気してたん？」

颯手さんがバックミラー越しにこちらを見た。私は「いいえ」と首を振った。

「結婚直前に、思い出として関係を持ったみたいです。結婚してからは、一度も会わなかったようです」

「タイミングが悪かったってことやね」

私はこくりと頷いて続けた。

「彼女は、妊娠した赤ちゃんが夫の子供ではないと、すぐに気が付きました。本当のことを夫に告げられなくて、ずっと隠していたんです。恋人がプレゼントしてくれたオルゴールに、彼の写真を隠して、時々開いて眺めて、音楽を聴いては、泣いて懺悔して、想いをしまいこんできたんです。……そして彼女は秘密を抱えたまま、この世を去りました。誉さん、もう一枚の紙も開けてみてくれませんか？」

私が促すと、誉さんは箱からもう一枚の紙を取り出し、丁寧に開いた。

「これは……手紙か。『信孝《のぶたか》さんへ』……」

「信孝さんというのが、女性のご主人の名前なんです。女性は最期に、信孝さんに本当のことを伝えるかどうか、迷っていたみたいです。だから、手紙を書いた。でも、渡す勇気が出なくて、書いた手紙を捨てることもできずに、オルゴールの中に隠してしまったんです」

私は誉さんから手紙を受け取った。そこには、長年連れ添ってくれた夫への感謝と、結婚して幸せだったということ、子供の真実と謝罪が記されていた。

丁寧に綴られた文字からは、彼女が家族との日々を愛しく思っていた気持ちが伝わってくる。私が女性の思念と同調した時、流れ込んできたのは後悔の念ばかりではなかった。夫婦で子供の成長を喜んだ思い出や、ささやかな日常や旅行での思い出、息子が結婚した時のこと、退職した夫と二人で過ごした日々――そんな幸せな毎日の記憶も感じ取れた。

(彼女は幸せだった。だから、その幸せが壊れるのが怖くて、余計に本当のことを話せなかったんだろうな……)

車内に沈黙が落ちた。誰も言葉を発さない。

しばらくして、私は再び口を開いた。

「明日、信孝さんにその箱を返しましょう。それで……」

(手紙のことを伝えたい)

信孝さんにはつらい事実かもしれない。けれど私は、女性の本当の気持ちを伝えたかった。

（それでいいですよね？）

モノクロ写真の女性に、心の中で呼びかける。答えは返ってこなかった。

＊

翌日、私と誉さん、颯手さんは、再び北野天満宮を訪れた。

天神市の終わった北野天満宮は、昨日とは打って変わって静かで、落ち着いた雰囲気を漂わせている。

颯手さんは、今日は神社の駐車場に車を停め、外に出た。続いて、助手席の誉さん、後部座席の私も扉を開ける。

まずは本殿にご挨拶に行ってから、私たちは『一願成就のお牛さん』を目指した。

「おじいさんがお参りに来る時間は、十三時ですよね」

「お牛さんは、そう言ってはったね」

確認をすると、颯手さんが頷いた。

絵馬掛所に辿り着くと、私たちは鳥居の外で、箱の持ち主が現れるのを待った。オルゴールを持っているのは誉さんだ。

「それらしい人が来ませんね……」

十三時を回っても信孝さんは現れず、だんだん不安になってくる。

「多少、遅れることもあるだろうさ」

誉さんの言葉に「そうですね……」と頷く。修学旅行生のグループが『一願成就のお牛さん』にお参りに来て、わいわいと騒ぎながら、お牛さんの頭を撫でていった。

さらにしばらく待っていると、十三時半になり、北門のほうから老齢の男性が歩いてきた。四角い顔と、白髪交じりの太い眉に見覚えがあり、昨日、ここで出会ったおじいさんだと、すぐにわかった。

「もしかして、あの人が……？」

思わず声に出すと、

「そうじゃ」

急に横から声が聞こえ、私はびっくりして仰け反った。いつの間にか、隣に、『一願成就のお牛さん』の化身がいた。

「お牛さん！」

「あの老人が、箱の持ち主じゃ。頼むぞ」

お牛さんはそれだけを言うと、姿を消した。

鳥居を潜り、牛社へやってきたおじいさんは、私たちの姿を見て、愛想のいい笑顔で会釈をした。私も会釈を返し、おじいさんのそばに近付く。

「すみません。少しよろしいでしょうか」

おじいさんは不思議そうに私を見て、首を傾げた。

「はい、なんでしょうか？」

「あなたは信孝さんですよね。あなたにお返ししたいものがあってお待ちしていました」

名前を呼ばれ、おじいさんは驚いた表情を浮かべた。やはり、信孝さんだったようだ。

「どうして私の名前を？　返したいものとは？」

「オルゴールです」

誉さんの手から箱を受け取り、信孝さんのほうへ差し出す。信孝さんはその箱を見るなり、息を呑んで、目を見開いた。

「これは……！」

「あなたが毎日願をかけるほどに、ずっとお探しになっていたものなのではないでしょうか？」

「そうです……！　でも、どうしてあなたがこれを？」

信孝さんが不思議そうに私を見つめる。

「とある方から、あなたがこの箱を探しておられると聞きました。なんとか見つけて返したいと頼まれて、昨日の天神市で探したんです」

「よくわかりませんが、あなたが見つけてくださったのですか。それでわざわざ……」

感激したように声を震わせて、信孝さんは続けた。

「これは、妻の形見なのです。生前、妻は、このオルゴールをとても大切にしていました。普段はしまいこんでいたようですが、時々、一人の時に、開けて聴いていたようです。一度、どういった由来のものなのか尋ねてみたことがあります。けれど、教えてくれなくて。見せてほしいと言ってみても、私には一度も触らせてはくれませんでした」

信孝さんの思い出話に胸が詰まる。この人は、妻のオルゴールがどういった意味を持つものなのか知らないのだ。

「妻が亡くなった後、オルゴールのことを思い出しました。遺品整理をしていた息子に確認したら、綺麗な細工物だったから、古道具屋に売ったと言われましてね……。どうして、すぐに見つけて、手もとにおいておかなかったのかと、心の底から後悔しました。オルゴールが売られたと聞いても、私は諦められませんでした。オルゴールが戻ってくるよう、『一願成就のお牛さん』に、毎日願をかけていたんです」

信孝さんは箱の底のねじを巻くと、蓋を開けた。ポロンポロンと音楽が鳴りだし、彼は目をつむると、

「ああ、こんな音だったんですね」

と、感慨深そうに言った。

私の脳裏に再び「ごめんなさい、本当のことを話せなくて、ごめんなさい……」と謝る女性の声が響いた。私は心の中で女性に語りかけた。

（大切な人に隠し事をして、亡くなってからも後悔を抱き続けて、あなたはそれでいいのですか？　あなたは、あなたが愛し、あなたを愛してくれた人のことを、もっと信頼してもよいと思います）

オルゴールに残されていたのは、女性の後悔の念だ。私がいくら話しかけても、答えが返ってくるはずもない。けれど、私は、思いきって信孝さんを促した。

「オルゴールの上げ底を外してみてもらえませんか？」

「上げ底ですか？」

私の言うとおり、上げ底を外した信孝さんは、二枚の紙を摘まみ上げた。箱を小脇に挟んでから中を開き、目を丸くした。

「これは手紙……？　妻の字だ」

信孝さんの視線が字を追っている。静かに手紙を読む彼を、私たちは見守った。

何度、文面を読み返したのだろう。しばらくして、信孝さんはようやく瞳の動きを止め、つぶやきを漏らした。

「ああ……君は馬鹿だな……。そんなこと、私はとっくに気が付いていたよ」

「えっ……？」

私が思わず驚きの声を上げると、信孝さんは、にこっと笑みを浮かべた。

「結婚して、妻の妊娠がわかった時、早すぎる気がしたのです。彼女に、結婚前に恋人がいたことは知っていましたし、もしかしたら、と思っていました。けれど、そんなこと、どうでもいいじゃないですか。彼女の夫は私で、生まれた赤子は私と彼女の可愛い子供だった。それだけのことですよ」

きっぱりと断言した信孝さんのまなざしは穏やかだ。

「私はそう思っていましたが、彼女は、ずっと苦しんでいたのですね……。その苦しみに、早く気が付いてあげればよかった」

後悔をするように目を伏せた信孝さんは、もう一枚の紙――男女の写真を開き、ふっと口もとを緩めた。

「なんだ、君の恋人はえらく美男子だったのだね。でも、私のほうが男前だろう？」

冗談っぽく妻に語りかける口調には、嫉妬などは感じられず、優しさだけが込められていた。

信孝さんは二枚の紙をたたみ直すと、小箱の中へしまった。底のねじを回し、もう一度オルゴールを鳴らす。

今まで、音楽と共に私の脳裏に響いていた声は、もう聞こえてはこず、ただ、澄んだ音色だけがその場に流れていた。

二章　平野《ひらの》神社のリス

信孝さんに小箱を返した後、私たちは、昨日、行くことができなかった平野神社に桜見物に向かった。

灯籠の立ち並ぶ参道に入り、私は「わぁ！」と歓声を上げた。

「咲いていますね！」

神門のそばに一本、青空の下、零れんばかりに花を咲かせているしだれ桜の木があった。枝は地面まで届きそうなほど長いが、巨木というわけではなく、優美な姿をしている。

小走りに近付き、桜を見上げ、

「綺麗……」

うっとりしていると、

「さすが、魁桜《さきがけ》は早いな」

「見事やね」

誉さんと颯手さんが追いついてきて、私の隣に並んだ。

「この桜、魁桜っていう名前なんですか？」

「そう呼ばれているな。平野神社発祥の桜らしい。早咲きの品種で、この桜が咲くと、京都の桜の時期が始まると言われているんだ」

「そうなんですね。確かに『哲学の道』のソメイヨシノは、まだあまり咲いていないですもんね」

「平安時代から、貴族たちが、平野神社に桜の木を奉納してきた。江戸時代になると庶民にも夜桜が解放されて、都を代表する花見の名所になっていったんだ。境内には、様々な品種の桜が、四百本ほど植えられているらしい」

誉さんの説明に「すごいですね！」と驚く。

「じゃあ、境内の中にも桜の木があるんですか？」

「ああ。でも、そっちはまだあまり咲いていないかもしれないな。とりあえず、中に入るか」

魁桜のそばにある手水舎へ、足を向けた誉さんの後についていく。

スマホで桜の写真を撮っていた颯手さんもやって来て、三人で身を清める。

桜の紋が描かれた提灯が掛かる神門を潜ると、正面に拝殿が建っていた。それを回り込み、本殿へ向かう。誉さんの言うとおり、境内のあちこちに桜の木が植えられていて、ちらほらと花を咲かせていた。

「平野神社の歴史は古い。平城京の宮中に祀られていた神々を、平安遷都と共に移したのが起源だといわれている。御祭神は、今木皇大神《いまきすめおおかみ》、久度大神《くどのおおかみ》、古開大神《ふるあきのおおかみ》、そして比賣大神《ひめのおおかみ》の四柱。もともと天皇家を守っていた神様だけあって、特定のご利益があるというよりは、全体的なご利益があるという感じらしい。とはいえ、由緒書には、今木皇大神のご利益は、源気新生、活力生成と書かれてはいるがな」

「つまり、元気いっぱいになるっていうことですか？」

私の問いかけに、誉さんが、ふっと笑った。

「なんでもだから、それもありなんじゃないか？」

三人で本殿に向かって手を合わせる。

お祈りが終わった後、颯手さんが「そういえば」と言って、私を振り向いた。

「愛莉さん、御朱印帳は持ってきたん？」

「はい！　少しずつ、溜まってきたんですよ」

御朱印はスタンプラリーではないので、「溜める」という言葉は少し違う気もするが、神社を訪れ、神様とのご縁をいただいたという感謝の気持ちで集めている。

「ええと、御朱印を書いていただけるのは、あっちかな……」

授与所を見つけ、近付いていくと、お守りやおみくじが置かれていた。

「わっ、可愛い！」

桜を抱えた、リスの置物の尻尾に、おみくじが差さっている。

「平野神社の神使はリスなんだ」

「へえ〜！　そうなんですね！」

誉さんに教えられて、笑みが漏れる。なんて可愛い神使なのだろう。

「愛莉さん、御朱印はあっちみたいや」

颯手さんが社務所を指差した。社務所の前にテントが張られていて、神職の衣装を着た男性が座っている。私は、肩に掛けていたトートバッグの中から御朱印帳を取り出し、テントに近付き、声をかけた。

「すみません。御朱印をお願いします」

神職の男性が、「はい」と言ってにこやかに受け取り、筆を取る。さらさらと記入し、返された御朱印帳には、流麗な文字で「奉拝」と書かれ、桜の朱印が押されていた。

「ありがとうございました」

丁寧にお辞儀をして、御朱印帳をバッグにしまう。授与所の前で待っていた誉さんと颯手さんのもとへ駆け戻った。

「もう一度、魁桜を見て帰るか」

「そうですね」

神門を潜ると、魁桜の前で、先ほどはいなかった小さな男の子と女の子が走り回っているのが目に入った。

「元気を出すのじゃっ！　えーい、活力せいせーいっ！」

「源気しんせーいっ！」

着物姿の子供たちは、二十代前半ぐらいの青年の周囲をぐるぐると回っている。時折、立ち止まっては、「活力せいせーいっ！」「源気しんせーいっ！」と大きな声を上げて、手のひらを彼に向けている。

「あの子たち、何をやっているんだろう？　人間の男の子と女の子……じゃ、ないですよね？」

確認するように誉さんを見上げると、誉さんは「また会っちまった」とでも言うような、苦い顔をしていた。

「神使やね。あの子は大学生やろか？　子供たちのことが見えてへんね」

颯手さんの言うとおり、ぼんやりと魁桜を見つめている青年は、子供たちの姿に気が付いていない。

「平野神社の神使ということは、あの子たちはリスの化身？」

リスの神使たちは、青年を励ましているようにみえる。

一生懸命な彼らの様子を見守っていると、私たちの視線を感じ取ったのか、男の子と女の子が駆け寄って来た。

「お前たち！」

「お前たち！」

「われが見えるのか？」

「わらわが見えるのか？」

口々に尋ねられ、二人の愛嬌のある様子に、私は口もとをほころばせた。

「平野神社の御使いのリス、ですよね」

「いかにも！　われらは大神様の御使い！」

男の子が腰に手をあて胸を張った。

「リスさん。どうしてあの人の周りをぐるぐる回っていたの？」

不思議に思って問いかけたら、

「あの者に元気を送っていたのじゃ！」

「送っていたのじゃっ！」

と、元気いっぱいの答えが返ってきた。しかし二人はすぐに、しゅん、と萎れ、肩を落とした。

「でも、あの者は、一向に元気を出してくれんのじゃ……」

「なぜかのぅ……」

「どういうことなの？」

事情がわからず、子供たちの前にしゃがみこんで視線を合わせる。

「あの者は、四年前から、よくお社にお参りに来てくれていたのじゃ。だが、それも今日で最後だと言いおってのぅ……。元気がない様子だったので、大神様が、これまでの参拝の賜物として、お力を分けて参れと、われらにお命じになったのじゃ」

「大神様のお力を送れば、大抵のものは、ピンシャンするのじゃが、あの者、全く元気にならぬ！　……どうやら、何か思い悩んでおるようでの。お主ら、われらの代わりに聞いてきてくれ！」

二人は口々にそう言うと、私のスカートの裾をつまんで引っ張った。

誉さんと颯手さんに、目で「どうしましょう」と問いかける。誉さんは肩をすくめ、颯手さんは微笑みながら頷いた。

「じゃあ、事情、聞いてきますね」

私は立ち上がると、自然な動作で青年に近付いた。

「桜、綺麗ですよね」

そっと話しかけると、知らない人間からいきなり声をかけられてびっくりしたのか、青年が、ぱちぱちと瞬きをした。

「あ、はい。そうですね」

「今日は、桜の花が映える、いい天気ですね。私も友達とお花見に来たんです」

「僕も花見に来ました。一人ですけど」

「大学生さんですか？」

「このあいだ、卒業したばかりです」

「それはおめでとうございます！」

　お祝いの言葉を述べたが、青年は複雑な表情で曖昧に笑った。颯手さんもやってきて、

「君、この近くの大学の学生さんやったんと違う？」

　と、会話に加わった。誉さんは少し離れた場所で、私たちの様子を見守っている。

「そうです！　よくわかりましたね」

「僕も、そこの卒業生やねん」

「へええ！　そうなんですね」

　颯手さんがＯＢだと知って親近感を持ったのか、青年の表情が柔らかくなる。

「何年前ぐらいに通っていたんですか？　学部どこだったんですか？」

　青年が人懐こく尋ねてきたので、颯手さんが答えると、

「うわー、すごい偶然。俺、同じ学部です」

　と、笑顔を見せた。

「大学生協がやってるカフェ、まだあるん？　僕、あそこでよくパフェ食べててん」

「ありますよ。俺もよく行ってました。抹茶のやつ、美味しいですよね」

同じ大学出身者でしかわからない話でひとしきり盛り上がった後、颯手さんは、

「君、なんだか元気がないように見えたんやけど、何か悩みごとでもあるん？　彼女が心配して、それで声をかけてん」

私のほうに軽く目を向け、さり気ない調子で青年に尋ねた。

青年が息を呑み、恥ずかしそうに頭を掻く。

「他の人からみても、そう見えました？　ははっ……参ったな。実は俺、今日、下宿を引き払って、地元に帰るんです。それで、ちょっと悩んでいて」

迷うように瞳を揺らすと、青年は私と颯手さんの顔を交互に見た。

「初めて会う先輩たちにこんな話をするのもなんですけど……袖すり合うも他生の縁ってことで、聞いてもらってもいいですか。つまんない話なんですけど」

「僕ら、ただの通りすがりやし、気にせんと話してくれたらええよ」

颯手さんの微笑に、青年は安心したのか、

「実は、俺、一回生の時から好きな人がいるんです」

と、話しだした。

「その人とは、京都に引っ越してきた日、この桜の木の下で初めて会って、俺が勝手に一目惚れしました。最初、どこの誰かわからなかったんです。その後、すぐに、

同じ大学の女子だってわかって、『やった！』って喜びました。学部は違ったけど、頑張って声をかけて、友達になって。――けど、彼女、彼氏いたんです。それを知って、めちゃくちゃ落ち込みました。それでも諦めきれなかったから、『大学四年間もあれば、別れるかもしれない。そうしたらチャンスだ』なんて、ずるいこと考えてました。でも……」

青年はそこで、ふっと息を吐いた。

「彼女すごく一途で、その彼氏と別れる気配は全くありませんでした。その間、俺は別の女の子と付き合ったりもしてみたんですけど、彼女のことが頭から離れなくて、やっぱりうまくいかなくて」

乾いた笑い声を上げ、視線を地面に向ける。

「地元に帰ってしまったら、もう彼女には会えなくなる。このまま、彼女に何も言わずに別れたら、俺はどうなるんだろう、この先の人生、誰と付き合ってもうまくいかないんじゃないかって思ったら、堪らなくなって。でも、今更、彼女に告白してフラれるのも、彼女を困らせることもしたくない。どうしたもんかなぁ、って、ここで悩んでいたんですよ」

顔を上げ、自嘲気味に肩をすくめた青年を見て、私の胸がきゅっと痛くなった。

（好きな人に想ってもらえないのは、つらいよね……）

前の恋人に別れを告げられた時のことを思い出す。あの時は、本当に、どん底の気分だった。

「その気持ち、わかる気がします。でも……」

私は青年の目を見つめ、続けた。

「私は、告白したらいいんじゃないかって思います。その人は確かに戸惑うかもしれない。でも、彼女のそばには支えてくれる恋人がいます。気持ちを押し殺したまま、その人と別れたら、あなたは、この先の人生、後悔し続けると思う」

背中を押すように、そっと青年に笑いかける。

「そう……ですよね。やっぱり、心を決めて、玉砕したほうがいいですよね」

青年は私の言葉に目を見開き、決心したように、ぎゅっとこぶしを握った。

「俺、たぶんわかってたんです。でも、傷つくのが怖くて、彼女のためとか言って、勇気が出なかっただけなんだ。ありがとうございます。俺、彼女に告白します」

「活力生成、じゃっ！」

「源気新生、じゃっ！」

笑顔になった青年に向かって、リスの神使たちが両手を広げ、エネルギーを送るように声を張り上げた。

「頑張ってください！」

応援の言葉をかけると、青年は力強く「はい」と頷いた。

「君の気持ちが、彼女に伝わるとええね。――それじゃ、行こか。愛莉さん」

颯手さんに促されて、青年に会釈をする。

「それでは」

神門の近くで待っていた誉さんのもとへ戻ると、リスの神使たちもついてきて、嬉しさを表すように、ぴょんぴょんと飛び跳ねた。

「助かったのだ！　またお社にお参りに来い！」

「待っているぞ！」

子供たちの姿が、ふっと掻き消える。大神様に報告に行ったのかもしれない。

「解決したところで、帰るか」

誉さんが軽く私の背中を叩き、歩きだした。その隣に並んだ私は、ふと、彼の頬の傷に目を向けた。

誉さんには、かつて、切ない別れ方をした恋人がいた。

（誉さんは後悔しているのかな……）

「どうした、愛莉？」

私が見つめていることに気が付いたのか、誉さんがこちらを向いた。

「あ、いいえ……なんでもないです」

笑顔で誤魔化し、両手を横に振る。

ほんの少し、胸の奥が、ちりっとした。

＊

平野神社にお花見に行ってから、一週間ほどして、『哲学の道』の桜が満開になった。

零れんばかりに花を付けたソメイヨシノを見上げ、ただただ、感嘆の息が漏れる。

「綺麗……」

「あんた、さっきからそればっかりだな」

隣を歩く誉さんが、はしゃぐ私を見て笑っている。

「だって、ずっと見たかった桜が咲いたんです。嬉しくて仕方がないんです」

京都を訪れようと思ったきっかけは、雑誌に載っていた、『哲学の道』の桜の写真だった。ようやく実物を目にすることができ、感慨深い。

「よかったな」

誉さんが笑みを微笑に変えた。強面が和らぎ、その表情に思わずドキッとする。

照れくさい気持ちになり、彼から視線を逸らし、再び桜に目を向けた。疏水沿いに続く桜並木は、まるで花のトンネルのようだ。

しばらく歩くと、左手に、『Cafe Path』の建物が見えてきた。今日は定休日。店の窓を開け放して、颯手さんが作る料理とスイーツを食べながら、お花見をする予定だ。

小さな橋を渡り、店の前へと向かう。

扉を開けると、カランとドアベルが鳴った。中にいた颯手さんが振り返る。

「いらっしゃい、二人とも」

(私、このお店が好き。誉さんと颯手さんと出会えてよかった。――二人のいる京都が、大好き)

あらためて、そう思った。

三章　今宮《いまみや》神社のなまず

桜の木もすっかり葉桜へと変わり、本格的な夏も間近に迫ってきたある日のこと。

私は、誉さんと一緒に、四条河原町《しじょうかわらまち》へ買い物に出かけていた。

京都の中心地で、一番の繁華街である四条河原町は、今日も人が多い。

「出産祝いでしたら、やっぱり百貨店でしょうか」

「それが無難だろうな」

京都市営バスを降り、交差点の角にある百貨店に向かいながら、誉さんと話す。

今日の誉さんは、買い物に出かけるためか、ひげを剃り、髪を結んだ、小綺麗な姿をしている。とはいえ、服だけはいつも通り、洗いざらしたシャツと、ラフなデニムだ。

（強面は強面だけど、きちんとしたら、誉さんって結構素敵だよね……）

思わずそんなことを考え、自分の気持ちに戸惑った。

（あ、あれ？　私、なんで……）

なぜか頬が熱くなり、手のひらで押さえる。

「ん？　どうした、愛莉？　変な顔して」

そんな私を見下ろし、誉さんが失礼なことを言った。私は、顔から手を離し、ぷうと頬を膨らませた。

「せっかくの休日なのに、付き合わせて悪いな」

どうやら、私が面倒だと思っていると勘違いしたようだ。

「構いませんよ。いくらでも付き合います」

慌てて両手を横に振る。

今日の目的は、赤ちゃんが生まれたという、誉さんの大学時代の同級生へ、お祝いの品を買うこと。「何を贈ったらいいのかわからないから、知恵を貸してくれ」と、誉さんに頼まれたのだ。

「あ、ほら、入口が見えてきましたよ」

百貨店のガラス張りの入口を、絶え間なく人が行き来している。平日だが、買い物客は多いようだ。私たちも、流れに乗るようにして店内に入る。

「出産祝いなら、お洋服とか、そういったものがいいのかなぁ」

インフォメーションの前で立ち止まり、顎に手をあて、考え込む。

「あんたに任せる。俺にはわからん」

誉さんは、面倒くさそうに頭を掻いた。「誉さんのお友達へのお祝いなのに」と、思わず苦笑が漏れる。

「じゃあ、まずは、子供服売場へ行きましょう」

私は、そばのインフォメーションで子供服売場の階を聞くと、エスカレーターへ向かった。

五階のフロアへ上がると、早速、小さな服を着たマネキンを発見した。

「あっ、あそこみたい」

誉さんを先導するように店へ近付いた私は、弾んだ声を上げた。

「わぁ！　可愛い！」

マネキンが着ていたのは、袖にフリルの付いた水玉模様のワンピース。大人顔負けのおしゃれなデザインだと思っていたら、大人服も作っている有名なブランドの店だった。

「へえ〜、このブランド、子供服も作っているんだ」

興味を引かれ、店の中に入った私に、誉さんもついてくる。

「このお洋服も可愛い！　ねっ、見てください、誉さん」

花柄のブラウスに、サロペットパンツを組み合わせたハンガーを手に取り、誉さんに見せる。すると誉さんは、はしゃいでいる私を見て、

「あんたにも似合うんじゃないか？」

と、面白そうな顔で笑った。

「私、こんな小さな服、入りませんよ？」

「デザインの話だ」

そんなことを話していると、女性店員が近付いてきた。私よりも少し年上ぐらいで、優しそうな雰囲気の人だ。女性店員はにこやかに微笑みながら、

「お子様のお洋服をお探しですか？　おいくつぐらいのお嬢様でしょうか？」

と、問いかけた。

「生まれたばかりだが？」

誉さんが答えると、女性店員は「まあ」と両手を合わせた。

「それはおめでとうございます。これから、毎日が楽しくなりますね。どちらに似ていらっしゃるんですか？」

「さあ？　わからんな」

（……ん？）

私は首を傾げた。誉さんと女性店員の会話が食い違っているような気がする……。

（もしかして、私たちの子供だと思われてる？）

私は慌てて「違います！」と二人の会話に割り込んだ。

「しゅ、出産祝いを買いに来たんです！」

焦って説明をすると、失言に気が付いた女性店員が、

「左様でございましたか。失礼しました……！」

と、頭を下げた。

「あっ、いいえ、大丈夫です。私たちも紛らわしいことをしていましたし……」

「本当に申し訳ありません」

「いえいえ……」

二人でぺこぺこと頭を下げ合っていたら、誉さんが、ぷっと吹き出した。

「誉さん？」

「いや……あんたの様子が面白くてな」

自分も間違われた当事者だというのに、誉さんは全く気にしていないようだ。

（私はすごく動揺したのに）

なぜだか熱くなってしまった頬を隠そうと、誉さんから顔を背け、あらためて女性店員に向き直る。

「赤ちゃんは男の子なんです。出産祝いって、どんなものがいいんですか？　何かオススメってありますか？」

私の問いかけに、女性店員は笑顔になると、「それでしたらこちらにございます」と、ギフトが並んだ棚へ案内した。

「こちらは、パイル地のポンチョでして、お風呂上がりに体を拭いたり、おくるみとして着せたりできるんです。お子さんが大きくなったら、プール遊びの時のお着替えなどにも使えますし、長くご愛用いただける商品です」

「へえ～」

「こちらは、エプロンとスタイのセットです。エプロンは離乳食が始まってから、スタイは首が据わってからになりますので、すぐにはお使いいただけないのですけれど……」

女性店員が勧める商品を見比べ、「う～ん」と考え込む。

「どっちも可愛いけど……誉さんは、どっちがいいと思いますか？」

私たちのそばで話を聞いていた誉さんを振り返って意見を求めてみたが、誉さんは素っ気なく肩をすくめた。

「わからん」

考える気が一切ない潔い答えに、苦笑する。

それから、私は女性店員とあれこれ相談し、結局、ポンチョと、クマの形のがらがら、靴下のセットを組み合わせてもらった。

誉さんの友人は東京に住んでいるそうなので、配送の手配をしてもらい、店を後にする。

「お友達、喜んでくださるといいですね」

エスカレーターを降りながら声をかけると、誉さんは目を細めて、

「あんたが選んだんだ。喜んでくれるだろうさ」

と、太鼓判を押した。

(私が選んだというより、誉さんから贈られたっていうことのほうが、嬉しいと思うけどな)

誉さんの友人は、どんな人なのだろう。

(大学時代の男友達だっていう話だったけど……。大学生の誉さんかぁ。どんな感じだったのかな……。そういえば、東京にいた頃は、出版社に持ち込みをしていたって言っていたから、漫画ばっかり描いていたのかな)

昔の彼のことを想像し、笑みが漏れる。その頃は、勢津さんも健在だっただろうから、拝み屋家業も継いでいなかったに違いない。

(話、聞いてみたいな。聞いてもいいかな……?)

そんなことを考えていたら、いつの間にか百貨店を出ていた。誉さんが急に立ち止まったので、ぼんやりしていた私は、彼の背中に思いきりぶつかってしまった。

「きゃっ」

「ああ、悪い」

ぶつかった鼻を押さえ、身を引いた私を、誉さんが振り返る。

「愛莉、まだ時間はあるか？」

「はい、ありますけど……」

「何か食べたいものはあるか？」

「食べたいもの？」

「付き合ってくれた礼に、なんでもおごってやるよ」

「本当ですか！」

私は弾んだ声を上げた。それなら、前から行きたいと思っていた店があるのだ。

「抹茶パフェが食べたいです！　祇園《ぎおん》にパフェの美味しいカフェがあるんですよ！」

「そんなものでいいのか？」

「機会があれば行きたいなって思っていたんです」

うきうきしている私を見て、誉さんが微苦笑を浮かべている。

「焼き肉でも寿司でも、なんでもおごってやるつもりだったんだがな。欲がない。……ま、愛莉らしいといえば、そうか」

「誉さん、何か言いました？」

「いいや、何も。――じゃあ、祇園へ向かうか」

歩きだした誉さんの隣に並び、祇園へ足を向ける。

四条大橋の上は、行き交う人で混み合っていた。前から来た男性にぶつかりそうになった私の肩を、誉さんが引き寄せて庇った。

「相変わらず、ここは人が多いな」

「そ、そうですね」

誉さんから慌てて離れて、うわずった声で相づちを打つ。百貨店の子供服売場で夫婦に間違えられてから、私の体温調節機能は狂ってしまったようだ。

照れ紛れに鴨川に目を向ければ、鴨川名物、等間隔のカップルたちが、河川敷に座っている。納涼床《のうりょうゆか》は、昼時を過ぎたからか、食事をしている人は少ない。

（いつか、納涼床でお食事もしてみたいな）

五月から九月の間、鴨川に平行して流れるみそそぎ川の上に、鴨川納涼床が張り出される。様々な飲食店があるが、中には、お手頃な値段でコーヒーが飲めるシアトル系カフェの納涼床などもあり、人気だ。鴨川納涼床は、京都の夏の、風物詩の一つになっている。

四条大橋を渡り、南座《みなみざ》の前を通り過ぎる。掲げられた看板を見ると、今は、歌舞伎の演目が興行されているようだ。

祇園商店街を通りながら、目的のカフェを目指す。さすが観光地。祇園商店街には、漬物屋や、菓子屋、和雑貨店など、土産物の店も多い。

（お漬物美味しそう。あっ、あそこ、ヘアアクセサリーのお店だ）

思わず引き寄せられ、店先の商品を眺める。着物に似合いそうな、ちりめんの花が付いたヘアピンもあれば、普段使いできそうな、ビジューの付いたヘアゴムもある。

（可愛い。お店に出る時に使えそう）

『Cafe Path』で仕事をする時は、ロングヘアを結び、ポニーテールにしている。今は黒いゴムを使い、ゴムを髪で巻いて隠しているが、少し面倒だと思っていた。飾りの付いたゴムなら、髪を巻く手間が省けそうだ。

（買おうかな……。ああ、でも、こんなにきらきらしている髪飾り、私に似合うかな……）

考え込んでいたら、先に行きかけていた誉さんが戻ってきて、私の手もとに目を向けた。

「立ち止まっていると思ったら、アクセサリーを見ていたのか」

「すみません。可愛かったのでつい……」

手に持っていたヘアゴムを陳列台の上に戻す。

（私の優柔不断に誉さんを付き合わせたら悪いよね。今日のところは諦めよう）

心の中で自分に言い聞かせる。

（どうしても欲しくなったら、また来ればいいんだし……）

名残惜しい気持ちでアクセサリーショップを離れようとしたら、誉さんが、私が戻したヘアゴムをひょいと取り上げた。そのまま、すたすたと店の中へ入っていく。

可愛いアクセサリーショップに、強面の誉さんが入って来たので、修学旅行の女子高生たちがびっくりしている。

「誉さんも髪をくるくることがあるし、もしかして、あのヘアゴムが気に入ったのかな？」などと、とんちんかんなことを考えていたら、手に紙袋を持った誉さんが戻ってきた。

「ほらよ」

目の前に紙袋を差し出され、小首を傾げる。

「誉さん用じゃないんですか？」

「は？　何を言ってるんだ？　俺が使うはずないだろう。あんたにやるよ」

戸惑っている私の手を取り、誉さんが紙袋を握らせる。

「あんたが着けたら、可愛いんじゃないか？」

さらっとそう言うと、誉さんは再び歩きだした。

「愛莉？」

数歩進んだ後、呆けている私を振り向き、誉さんが名前を呼ぶ。私は我に返ると、慌てて誉さんの隣に並んだ。

（か、可愛いとか……言われ慣れてなくて……。しかも、誉さんだし！　そんなこと、言いそうにないのに……）

動揺しつつ、誉さんの横顔を盗み見ると、平然としている。他意はなく、ただ、思ったことを口にしただけ、という様子に、自分一人が慌てていることが恥ずかしくなった。

（落ち着け、私）

体温調節機能は、まだしばらくの間、戻りそうにない。

＊

「愛莉さん、その髪飾り、可愛いやん。新しく買《こ》うたん？」

目敏く新しいヘアゴムに気が付いた颯手さんが、私のポニーテールを見て、笑顔を向けた。

「あっ、えっと……昨日、祇園に行った時に見つけたんです。きらきらしたビジューが素敵だなって思って、それで……」

誉さんに買ってもらった品だとは言えず、しどろもどろに説明する。

「よう似合《にお》うてはるよ」

褒められて、照れくさくなる。

（誉さんにもらったって……言わないでおこう）

なんとなく秘密にしたくて、ヘアゴムの話題から話を逸らした。

「そういえば、先ほどお帰りになったお客さんたち、これから、今宮《いまみや》神社に行くっておっしゃっていましたね。今宮神社ってどこにあるんでしょうか」

私の疑問に、颯手さんが「北区の紫野《むらさきの》やね」と答える。

「今宮神社って聞くと、あぶり餅が食べたくなるわ」

「あぶり餅？」

聞いたことのない食べ物の名称に首を傾げる。

「今宮神社の門前で売られてるお餅やで。めっちゃ美味しいねん。あのお餅、たまに無性に食べたくなるねんなぁ」

そう説明した後、颯手さんは、いいことを思いついたとでも言うように、ぽんと手を打った。

「そうや、今度の定休日に、愛莉さんも一緒に食べに行かへん？　誉も誘って」

颯手さんの提案に、「無性に食べたくなる」というあぶり餅がどんなものか気になり、私は、

「はい！　行きたいです！」

と、元気よく答えた。

そして、次の『Cafe Path』の定休日。

私と誉さんは、颯手さんの運転する車に乗って、今宮神社に向かっていた。

「今宮神社には、平安京ができるよりも前から、素盞鳴尊《すさのをのみこと》を祀るお社があった、て言われてるねん」

道中、颯手さんが、今宮神社の御由緒を教えてくれる。

「平安京ができてから、疫病や災厄が頻繁に起こるようになって、神泉苑《しんせんえん》やあちこちの神社で、疫病を鎮めるための御霊会《ごりょうえ》が営まれるようになってん。今宮神社の前身のお社でも御霊会が行われたんやけど、度重なる疫病で、大己貴命《おおなむちのみこと》・事代主命《ことしろぬしのみこと》・奇稲田姫命《くしいなだひめのみこと》を祀る神殿が新たに造られて、今宮社と名付けられてん。それが今宮神社の起こりやね」

「歴史のある神社なんですね」

颯手さんは、助手席で感心している私を横目で見て微笑んだ。

堀川通《ほりかわどおり》を北上していた車は、途中で左に曲がり、今宮通に入った。しばらく走ると、「今宮神社」と書かれた石碑と一対の灯籠が見えてきた。

灯籠の間の細い道を進む。すぐ右手に駐車場があり、颯手さんはそこへ車を入れ、スムーズに停車させた。

「着いたで」

「行くぞ」

颯手さんと誉さんが車を降りたので、私もその後に続く。

迷いなく歩く二人についていくと、道の両側に、軒下に床几が並べられた、古めかしい町家が現れた。右手の店ののれんには『いち和《わ》』、左手の店ののれんには『かざりや』と書かれている。店の前に設置された火床で、女性たちが何かを焼いている。

「もしかして、ここがあぶり餅のお店ですか？」

颯手さんを見上げて問いかけると、

「そうやで。『一和』さんは千年以上前からあるお店や。『かざりや』さんも四百年近くになるお店やね」

と、教えてくれる。

「そんなに古いお店なんですか！」

「建物は当時のものやないやろうけどね」

それにしても、古いことには違いない。私は歴史を感じる二軒の店を見て、感嘆の息を吐いた。

「あぶり餅というのは、指先でちぎった餅を竹串の先に刺して、きな粉を付けて炭火であぶったもので、白味噌のたれを絡めて食べるんだ。美味いぞ」

誉さんの説明を聞いても、今ひとつ、ピンとこなかったので、私は餅を焼いている女性たちの手もとに目を向けた。確かに、竹串に刺した一口サイズの餅をあぶっている。

「なるほど。ああいう感じなんですね」

「先に神社にお参りに行こか。あぶり餅を食べるのはそれからや」

颯手さんが店の前を通り過ぎたので、私と誉さんもついていく。

今宮神社の門を潜り境内に入ると、左手に朱色の立派な楼門が建っていた。右手方向には拝殿と本殿が見える。

手前の手水舎で身を清めると、私たちは肩を並べて参道を進んだ。途中、茅《ち》の輪が設置されていて、誉さんが、

「もうすぐ『夏越《なごし》の祓《はらえ》』か」

と、つぶやいた。

『夏越の祓』は、半年間で身についた穢れや、知らず知らずに犯した罪などを落とし、本来の姿を取り戻して息災を祈るという神事だ。

「一年が経つのは早いですね。ええと、茅の輪の回りかたは……」

私は、去年、誉さんに教わった、茅の輪くぐりの方法を思い返した。茅の輪に近付き、左に一回、右に一回、そしてもう一回左に回る。

誉さんと颯手さんも同じように回った後、拝殿の横を通り、本殿へ向かった。

拝所《はいじょ》に立ち、お賽銭を入れ、作法に則り参拝をする。お参りが終わると、二人がそのまま左方向へと歩いていったので、ついていくと、門があった。誉さんと颯手さんがこちらでも参拝をしたので、真似をして手を合わせる。

「こちらのお社も本殿の一部なんですか？」

「こっちは摂社の疫社《えやみしゃ》というんだ。今宮神社の前身だな」

私の疑問に、誉さんが答えてくれた。

門の近くには絵馬が掛けられていて、何気なくそちらに目を向けると「お金持ちの人と結婚できますように」や、「素敵な人と出会って一生楽して暮らせますように」などというお願いごとが書かれている。結婚系の祈願が多いようだ。

「今宮神社って縁結びのご利益もあるんですか？」

「ここは、『玉の輿』の神社でもあるねん」

「『玉の輿』？」

「江戸時代、徳川家光の奥さんにならはった、西陣の八百屋出身のお玉さんっていう人がいはってん。お玉さんは五代将軍綱吉《つなよし》を産んで桂昌院《けいしょういん》にならはったんやけど、神仏の信仰に厚い人やったから、自分の出身地・西陣の産土神《うぶすながみ》である今宮神社が荒廃しているのを嘆いて、社殿を造営したりしてくれはってん。そやから、平民から将軍家に嫁いだお玉さんにあやかって、縁結びを願う女性が、今宮神社にお参りに来はるねん。ちなみに『玉の輿』っていう語源は、お玉さんから来てるんよ」

「へえ〜！」

颯手さんはいつもながら物知りだ。『玉の輿』の語源が、庶民から将軍家に嫁いだ女性の名前から来ているとは知らなかったので驚いた。

「いろんな謂れのある神社なんですね」

「まだまだあるで。七夕伝説の織姫に織物を教えた女神様が祀られてる織姫社《おりひめしゃ》が末社になっていたり、願いごとが叶うかどうかを占う神占石《かみうらいし》・阿呆賢《あほかし》さんがあったり……とかね」

「織姫社って素敵な名前ですね」

「技芸上達、遠距離恋愛のご利益があるて言われてるね」

颯手さんの説明を聞いていると、今宮神社について、もっと知りたくなってくる。

颯手さんにガイドをしてもらいながら境内を散策しているうちに、最初に潜った門へと戻ってきた。

「この東門のそばには宗像社《むなかたしゃ》っていう末社があるんやけど、御祭神は宗像三女神《むなかたさんじょしん》っていう女神様たちで、別名・弁財天社って呼ばれてる。それは宗像三女神のうちの一人、市杵島姫命《いちきしまひめのみこと》が七福神の弁財天と同一視されたからなんやけど……」

私が興味津々で聞いているので、颯手さんは今宮神社の案内をずっと続けてくれている。

颯手さんが、門のそばの小さなお社を指し示して、宗像社について説明を始めた時、お社の陰から、ワンピース姿の中学生ぐらいの少女が、ひょっこりと顔を出した。目がくりっと丸くて、可愛い少女だなと思っていると、ぱちっと視線が合った。

すると、少女は、私の顔を見て驚いた表情を浮かべ、

「お姉さん、ちょっと待って！」

と、大きな声を上げて、私を呼び止めた。ぱたぱたと駆け寄って来て、私の腕を掴み、黒目がちの瞳で顔を見上げた。

「お姉さん、私が見えてるの？」

「見えてる……けど……」

（この言い回し、もしかして……）

少女の澄んだ瞳を見て、ピンとくる。

「あなた、今宮神社の神使さん？」

確信に近い思いを抱いて問いかけたら、

「うんうん、そうそう！　私、そこの弁財天社の神使なの！」

少女は勢いよく頷いた。

もちろん、少女の姿は誉さんにも颯手さんにも見えている。二人を振り向くと、颯手さんは、少し驚きつつも笑顔を浮かべていたが、誉さんは警戒した様子で眉間に皺を寄せていた。神使が出てくると、絶対に何か頼みごとをされるに違いない――面倒くさい、という顔をしている。

「私の姿が見える人に会えたのって、何年ぶりなんだろう～！　嬉しい～！」

少女は私の腕を掴んだまま、ぴょんぴょんと飛び跳ねた。

「ねえ、私の頼みごとを聞いてくれる？」

少女の言葉に、「ほらきた」と言わんばかりに、誉さんが顔をしかめた。

誉さんの表情に思わず苦笑してしまったが、

「頼みごとってなぁに？」

と、尋ねてみると、少女は私に手を合わせた。

「私、あぶり餅が食べたいの！　連れていって！」

意外なお願いごとに、私も誉さんも颯手さんも驚いた。誉さんが用心深く、

「……それだけか？」

と、問いかける。すると少女は、

「うん。それだけだけど？」

きょとんとした表情を浮かべた。

「私、昔、見えてる人にあぶり餅をごちそうになってから、大好きになっちゃったんだ～。でも普段は人に姿が見えていないから一人だと食べられないのよね。だから、誰か私の姿が見える人が来ないかな～って、ずっと待っていたんだよ」

少女は、私たちに会えてよかったと、笑顔で喜んでいる。思っていたよりも簡単なお願いごとに、私たちは拍子抜けした。

「お嬢さん、あぶり餅を食べるだけでええの？」

颯手さんが優しく声をかけると、少女は可愛らしく小首を傾げた。

「うん！　連れていってくれる？」

「僕らもこれから食べに行くところやったし、ほんなら一緒に行こか。ええよね？　誉」

颯手さんが確認するように誉さんに視線を向ける。誉さんは、

「まあ、それぐらいなら、いいんじゃないか？」

と、頭をガシガシと掻いた。

「わーい！　やったー！」

少女は嬉しそうに両手を広げ、くるくると回っている。

足を止めると、私の手を取り、駆け出した。

「じゃあ、早速、行こっ！」

「わっ！　ちょっと待って！」

急に引っ張られたのでつんのめりそうになり、私は慌ててバランスを取った。少女に導かれて門を潜る私の後に、苦笑いの誉さんと颯手さんがついてくる。

「どっち・に・し・よ・う・か・な？」

少女は『一和』と『かざりや』の前で指を左右に振り、「な」で人差し指が『一和』のほうに向いたので、

「こっち！」

と、私の手を引いた。少女が選んだ『一和』に行くと、

「おいでやす。お好きなお席にどうぞ」

店員に声をかけられた。店員は女性ばかり、六、七人ぐらいいるようだ。

店の奥にも席があったが、私と少女は軒下の床几《しょうぎ》に座った。すぐに、誉さんと颯手さんもやってきて、私と少女の両隣に腰を下ろした。

「おいくつにしはります？」

急須と湯呑みを運んできた店員に注文を聞かれ、誉さんが「四皿」と答える。

「四皿ですね。おおきに。少しお待ちください」

「ああ、それと、湯呑みをもう一つ頼む」

店員には少女の姿が見えていないので、当然、運ばれてきた湯呑みは三つだった。

誉さんは少女の分も頼んでくれたのだ。

(誉さん、優しい)

なんだかんだ言っても、こういうところが誉さんらしいと思う。

「あぶり餅〜♪　あぶり餅〜♪」

よほど食べたかったのか、少女は歌を歌いながら、楽しそうに足をぶらぶらとさせている。

愛らしく無邪気な姿を見ながら、

(十三、四歳ぐらいに見えるけど、神様の御使いだから、きっともっと長生きしてるんだろうなぁ)

と、考える。私は四つの湯呑みにお茶を注ぎ、皆に配った後、

「ねえ、神使さん。あなたってお名前あるの？」

と、少女に尋ねてみた。

すると、少女は唇に指をあてて、「んー……」と考え込んだ後、

「なっちゃん」

と、答えた。

「なっちゃん？」

愛称だろうか。

なっちゃんの言葉を聞いて、颯手さんが、くすりと笑った。

(今のなっちゃんの受け答えが可愛いかったからかな？)

「なっちゃん。あぶり餅を食べさせてくれた人はどんな人だったんだ？　なっちゃんのことが見えていたんだろう？」

誉さんは、それが気になるようだ。神使が見える人は、そう多くはないだろう。誉さんと颯手さんは陰陽師。私は、神様の力で、不思議なものが見えるようになった。なっちゃんにあぶり餅をごちそうしていた人も、陰陽師か何かだったのだろうか。

「その人はね、むかーし、よく神社に遊びに来てくれたんだ。心根が優しい人でね、とっても清らかだったから、私のことが見えたんだよ」

なっちゃんは、懐かしむような目で、ふふっと笑った。

「陰陽師じゃなさそうだな……。たまたま力のあった一般人ってところか」

誉さんが顎に手をおき「ふむ」とつぶやいた時、あぶり餅が運ばれてきた。

「お待たせしました」

店員が床几の上に皿を置いてくれる。

「ごゆっくりどうぞ」

赤い皿に、竹串に刺さった親指ほどの大きさの餅が載せられていて、とろりとした味噌だれがかかっている。

早速、誉さんが皿を手に取り、一本口に運んだ。

「うん、美味い」

颯手さんも、「いただきます」と手を合わせ、あぶり餅を口にして、顔をほころばせた。

「この味や。やっぱり美味しいね」

「わぁい！　あぶり餅だぁ！」

なっちゃんも嬉しそうに食べている。

「おいしー！」

三人があまりにも美味しそうに食べるので、私も急いで竹串を取ると、ぱくりと餅を口に入れた。小さいので、簡単に一口で食べられる。ほどよく焦げ目の付いた餅は香ばしく、白味噌のたれは甘じょっぱい。

「美味しい……！」

颯手さんが「たまに無性に食べたくなる」と言うのがわかる気がする。

思わず四人とも無言になり、あぶり餅に集中していると、元気な子供の声が聞こえた。

「ここがママの言っていたおもち屋さん？」

「おもち、まゆみ、たべたい！」

見ると、七歳ぐらいの女の子と、五歳ぐらいの女の子を連れた母親が『一和』に入ってきたところだった。母親は三十代前半だろうか。ナチュラルなワンピース姿がおしゃれだ。後ろから、ポロシャツ姿の同じ年齢ぐらいの男性も入って来る。きっと女の子たちの父親なのだろう。

「おいでやす。お好きなところにおかけください」

店員が促すと、家族は私たちの隣の床几へ座った。その姿を見たなっちゃんが、

「あっ……」

と、小さな声を上げた。手に持っていたあぶり餅を皿に戻し、母親を見つめている。

「三皿ください」

母親が店員に注文をした。人数よりも一皿少ないのは、子供たちは一人で食べきれないと思ったためだろう。

一度は床几に座った年下の女の子が、落ち着きのない様子で立ち上がり、店の中をうろうろし始めた。古いこの店が物珍しいのかもしれない。

「真《ま》弓《ゆみ》、いい子で座っとかなあかんよ」

母親も慌てて立ち上がり、真弓ちゃんを捕まえ、連れ戻した。年上の女の子が、

「パパもここに来たことがある？」

と、父親に尋ねている。

「パパは初めてだなぁ。ママは小さい頃、このあたりに住んでいたから、よく来ていたらしいよ」

父親の答えに、上の女の子は、

「ふぅん。パパもはじめてかぁ。恭子《きょうこ》といっしょだね」

と、言った。

「パパは東京育ちだからなぁ。京都のことはあまり知らないんだ。初めてきたのは、大学生になってからだよ。でもその時は勉強ばかりしていて、たいして観光もしなかったし、その後はママと結婚して東京に戻っちゃったからね」

父親の口ぶりだと、母親は京都出身なのだろう。結婚して、東京に住むようになったというところだろうか。今日は何か用事があって、一時的に京都に戻って来ているのかもしれない。

聞くともなしに会話に耳を傾けていると、隣の席の家族にもあぶり餅が運ばれてきた。

「おもち、小さいんだね」

予想外の形だったのか、恭子ちゃんが驚いたような声を上げた。母親が、

「真弓と仲良く半分こしてね」

と、言い聞かせている。恭子ちゃんは「えー」と不満そうだ。

「こんなに小さいんだったら、おなかいっぱいにならないよぉ」

「足りひんかったら、ママのをあげるから」

そう言われて納得したのか、皿から一本あぶり餅を取り上げ、妹に差し出した。

「はい、真弓」

妹はすぐに口に入れ、「おいしい」と笑った。

「仲のいい家族ですね」

私は隣の家族に聞こえないように、誉さんに耳打ちした。

「ああ。本当だな。いい家族だ」

誉さんも同じ感想を抱いたのか、ふっと微笑んだ。

「美味しかった。ちょっと物足りないぐらいがちょうどええね」

あぶり餅を食べきった颯手さんが、満足したようにお茶を飲んでいる。私も最後の一本を口にした。お餅は一皿十一本で、お腹が膨れるか膨れないかぐらいの絶妙な量だった。

あぶり餅を食べたくて仕方がなかったなっちゃんは足りたのかなと思って、

「なっちゃん、もう一皿食べる？」

と、聞いてみると、なっちゃんは最後の一本を皿に残したまま、隣の家族を見つめていた。

「そうなんだ。子供ができたんだね……」

ぽつりとつぶやいたなっちゃんを見て、私は首を傾げた。なっちゃんは仲のよい四人家族に、あたたかなまなざしを向けている。

「なっちゃん？」

なぜ彼女がそんな顔をしているのかわからずにいると、姉妹がケンカを始めていた。

「それ、まゆみの！」

「真弓、もう五本も食べたじゃない！　これは私の！」

どうやら、最後の一本をどちらが食べるかで揉めているようだ。

(十一本だもんね。二人で平等に分けるなら、一本足りないよね)

ケンカも仕方がないかもしれないと、私はハラハラと姉妹を見守った。

「ママのをあげるから、ケンカしいひんの」

二人を宥めている母親を見ていたなっちゃんが、不意に立ち上がった。自分の最後のあぶり餅を手に、姉妹のほうへ歩いていく。そして、姉妹のお皿に、そっとあぶり餅を載せた。

「あれっ？」

いつの間にか増えたあぶり餅に気付き、恭子ちゃんが目を瞬かせた。姉が驚いている間に妹がさっと一本取り上げ、ぱくりと口に入れる。

「ママがくれたの？」

恭子ちゃんが母親を見上げたが、母親も急に増えたあぶり餅に、不思議そうな顔をしている。

「ありがとう、ママ」

恭子ちゃんは、母親がくれたものと納得したらしい。残ったあぶり餅を手にし、満足そうに食べきった。

姉妹の目の前で様子を見ていたなっちゃんが、にこっと笑った
「ふふっ。美味しいでしょ？　あぶり餅」

姉妹にも、母親にも、父親にも、なっちゃんの姿が見えている様子はない。

私が「なっちゃんの行動にどんな意味があるのだろう」と考えていると、あぶり餅を食べきった家族が立ち上がった。会計をして、店から出ていく。その背中に、なっちゃんが「バイバイ」と手を振った。

「なっちゃん、もしかして……知っている人だったの？」

家族を見送っていたなっちゃんに問いかけると、なっちゃんは振り向いて「うん」と頷いた。

「あの女の人が、さっき話してた、私にあぶり餅を食べさせてくれた人だよ」

なっちゃんの言葉に「えっ」と驚く。誉さんと颯手さんも、意外な展開に目を丸くして、なっちゃんを見つめている。

なっちゃんは後ろ手で指を組むと、懐かしそうに話しだした。

「あの女の人はね、よっちゃんっていうの。よっちゃんは子供の頃、私のことが見えたんだ。よく二人で、神社で遊んだの。よっちゃんはお母さんからおこづかいをもらっていたから、時々、一緒にあぶり餅を食べたよ。一皿注文して、半分こして。よっちゃんは優しいから、いつも私に多くくれた。でもね、よっちゃんは人間だから、どんどん年を取って、お姉さんになっていった。そして、ある日を境に、私のことが見えなくなったんだ」

「それはどうしてだったの？」

悲しそうに目を伏せたなっちゃんに、静かに問いかける。

「よっちゃんが乙女じゃなくなったからだよ」

「乙女じゃなくなったって……」

どういう意味かわからず、私は誉さんを振り向いた。陰陽師の誉さんなら、あの母親が力をなくした理由がわかるかもしれないと思ったからだ。誉さんは難しい顔をして、ふぅと息を吐いた。

「誉さん？」

「よっちゃんに、恋人ができたんじゃないか？」

言いにくそうに教えてくれた誉さんを見て、首を傾げる。

「恋人？」

なぜ恋人ができたら、神使が見えなくなるのだろう……と考えて、ハッとした。

（乙女じゃなくなったって、もしかして……）

男性経験ができたからではないだろうか。

私は思わず口もとを手で押さえた。

「私が見えなくなったよっちゃんは、それでも神社に来てくれた。私のことを探してくれた。私も一生懸命よっちゃんに話しかけたけど、どうしても気付いてはもらえなかった。それからしばらくして、よっちゃんはお嫁さんになって、この街を出ていったの……」

なっちゃんが目を細めて笑った。寂しそうだったが、よっちゃんが幸せになったことを喜んでいるような笑顔だった。

「私、今日、よっちゃんに会えて嬉しかった。あなたたちが私にあぶり餅を食べさせてくれたからだね。ありがとう！　とっても美味しかった。懐かしい味だったよ」

なっちゃんは明るい声でそう言うと、

「バイバイ！」

と、手を振った。なっちゃんの姿がふっと消え、

「宗像社に戻ったか」

誉さんがつぶやいた。

なっちゃんの笑顔は晴れやかだったが、私は胸苦しい気持ちを感じ、膝の上でぎゅっと手を握った。

（恋人ができたら、神使の姿が見えなくなるの？　じゃあ、私も……？）

今まで出会ってきた神使たちを思い出す。以前の私は、不思議な存在を目にすることはできなかった。けれど、いつの間にか、見えることが当たり前になっていたのだと気が付いた。

ぼんやりしていると、颯手さんが私の手の甲をぽんぽんと叩いていた。

「あんまり気にせんとき。そろそろ行こか。誉、お会計して来てくれへん？」

「わかった」

誉さんが立ち上がり、店員のほうへ歩いていく。

「愛莉さん。なっちゃんの正体、知りたない？」

沈んでいる私の気持ちを変えさせるように、颯手さんが問いかけた。颯手さんにあまり気を使わせてはいけないと、私は努めて笑みを浮かべると、

「知りたいです」

と、答えた。

「宗像社――弁財天社のお社の台石に、なまずの彫り物があるねん。弁財天の神使は一般的には蛇やっていわれているけど、今宮神社の弁財天の神使はなまずなんやで」

「なまず？」

私は、なっちゃんの意外な正体に驚いた。

「だから『なっちゃん』だったんだ……」

愛称の理由がわかり、納得する。きっとよっちゃんがなまずの神使にその名を付けたのだろう。

（二人はとっても仲良しだったんだろうな……）

「なっちゃん」「よっちゃん」と呼び合っている少女たちの姿を想像し、私は微笑ましく思った。

「払ってきたぞ」

誉さんが戻ってきた。「さて、あぶり餅も食ったし帰るか」と言って、店の外へ出ていく。颯手さんが誉さんの横に並び、私は一歩後ろを歩いた。

（見えなくなるのは悲しい……）

私はこれからも、神使たちに出会いたい。

(私、よっぽど恋愛に向いていないみたい……)
過去の苦い恋愛経験を思い出し、視線は自然と誉さんの背中へ向いた。
(だから、恋愛に向いていないんだってば)
なぜか胸がぎゅっと痛んだ。

四章　伏見稲荷大社《ふしみいなりたいしゃ》の霊狐

　七月に入り、暑い日が続いている。ワイドパンツに、半袖のカットソー姿の私は、隣を歩く誉さんと颯手さんにお礼を言った。

「誉さん、颯手さん、今日は付き合ってくださってありがとうございます」

　私を見下ろした誉さんが軽く笑う。

「別にかまわない」

「伏見稲荷大社に来るのは久しぶりやわ」

　今日は、二人と一緒に伏見稲荷大社を訪れている。

　京都に住み始めて一年が過ぎたが、私は有名な伏見稲荷大社に行ったことがなかった。先日、たまたまテレビの旅行番組で『千本鳥居《せんぼんとりい》』の映像を目にし、「行きたい」と思ったのだ。

　一人で参拝するつもりだったが、話を聞いた颯手さんが「ほな、皆で行こか」と言い、誉さんも誘って、三人で出かけることになった。

　見上げるほど大きな鳥居を潜ると、目の前に朱色の楼門が現れた。熱心に写真を撮っている外国人観光客を横目に見ながら、隣の手水舎でお清めをした後、あらためて楼門に向かう。

門の前には立派な狛狐の像があり、まるで「怪しいものは入れないぞ」とでも言うように、険しい顔で私たちを見下ろしていた。右側の狐は宝珠を、左側の狐は鍵を咥えている。

「なんだか、睨まれているみたいで、ちょっと怖いですね」

階段を上がり、狐の間を通り抜ける時、そんな感想を漏らした私を見て、颯手さんが笑った。

「別に愛莉さんは何も悪いことしてへんやん」

「そうですけど、なんとなく」

狛狐から離れ、楼門を潜り境内に入ると、目の前に外拝殿《げはいでん》が建ち、その奥が内拝殿《ないはいでん》、さらに奥が本殿になっていた。外拝殿を回り込み、内拝殿への階段を上ると、やはりここにも狛狐がいる。

「狐だらけですね」

「狐は伏見稲荷大社の神使だからな」

「そういえば、なんで狐なんですか？」

「伏見稲荷大社を創建したのは渡来人の秦氏《はたし》だといわれている。秦伊侶巨《はたのいろこ》という人物が、餅を的にして矢を射た時、餅が白鳥になって飛んでいき、その場所に

『伊《い》禰《ね》奈《な》利《り》生《お》ひき』──つまり、稲が生えてきたんだ。それで、社の名をイナリとした。その稲荷神が、後に、穀物の神様、宇迦之御魂大神《うかのみたまのおおかみ》と同じものと考えられるようになって、今の伏見稲荷大社の主祭神になった。肝心の狐だが、狐が神使だといわれている理由はいくつかあって、尻尾が稲穂に似ているからだとか、稲を食べるねずみを狐が食べるから、などという説がある」

私の素朴な疑問に、誉さんが神社の起源から詳しく説明をしてくれた。

「稲荷大神は、さっきも話した宇迦之御魂大神、佐田彦大神《さたひこのおおかみ》、大宮能売大神《おおみやのめのおおかみ》、田中大神《たなかのおおかみ》、四大神《しのおおかみ》の五柱のことをいうんだ」

内拝殿の前に立ち、お賽銭を入れてお辞儀をし、柏手を打つ。

お参りを終え、内拝殿から離れながら、私は二人に尋ねた。

「『千本鳥居』ってどこにあるんですか?」

「稲荷山の中だ」

「もう少し先やで」

誉さんと颯手さんが、交互に教えてくれる。

「お山に登れるんですか?」

「登れるぞ」

「頂上まで行くとしんどいから、『四ツ辻』ていう、途中の見晴らしのいいところまで行ってみいひん？」

「行きたいです！」

誉さんと颯手さんと連れ立って、稲荷山に向かって歩きだす。

稲荷山の入口は奥宮の先にあり、スタート地点を示すかのように朱色の鳥居が立ち並んでいた。

「わあ……鳥居がいっぱい！」

「お山の上まで、ずーっと続いてるで」

鳥居の中に入った颯手さんの後に付いていく。

しばらく歩くと、道が二手に分かれている場所に出た。両方の道に、小ぶりの鳥居が隙間なく連なっていて、そのあまりの本数に、私は目を丸くした。

「すごい数！」

「ここが『千本鳥居』だ。お祈りとお礼の意味を込めて奉納された鳥居だ。これだけ並んでいると、壮観だな」

驚いている私を見て、誉さんが、ふっと口角を上げる。

フォトジェニックな場所なので、訪れているほとんどの人が、熱心に写真を撮っている。私たちはその横をすり抜けると、『千本鳥居』の中に入った。

朱色のトンネルは、鳥居と鳥居の僅かな隙間から差し込む光が幻想的で、まるで異界へと続く道のようだ。

「わぁぁ……すごい、綺麗……」

はしゃいでいる私を見て、誉さんと颯手さんが楽しそうに笑っている。

どこまでも続くように感じられた朱色の道から抜けると、奥社奉拝所《おくしゃほうはいしょ》という場所に辿り着いた。ここは稲荷山そのものを遥拝するための場所らしい。

奥社奉拝所でお山に手を合わせた後、

「『四ツ辻』まで、もうすぐですか？」

と、尋ねてみると、誉さんがにやりと笑った。

「まだまだ先だ」

「これからが本番やで」

颯手さんも悪戯っぽい表情を浮かべている。

奥社奉拝所から、さらに続く鳥居の中を奥へ進む。道は緩やかな階段になっていて、歩きやすい。私はリズムよく足を動かした。

しばらくの間、鳥居の中を進んでいくと、石碑が集まっている場所に出た。石碑には神名が刻まれ、周りには、片手で掴めるぐらいの小さなサイズから、そこそこ大きなサイズまで、様々な大きさの鳥居が重なるように奉納されている。あちこちに見える狐の像と相まって、本当に異界に迷い込んでしまったかのようだ。

（ちょっと怖い……）

　一瞬、誰かに見られているような気配を感じ、私は立ち止まって、周囲を見回した。

「どうした？　愛莉」

「疲れたん？」

「あ……いいえ。大丈夫です。雰囲気のある場所だな、と思って……」

「これらの石碑は、お塚と呼ばれている。明治時代以降に広まったもので、個人が信仰する神の名を刻んで建てたものだ。稲荷山には、一万基以上のお塚があるといわれている」

「へえ……そうなんですね」

　誉さんの説明に相づちを打つ。

（気のせいかな。この雰囲気に、のまれちゃっただけかも）

　そう考えた時、どこからか「ニャーン」という声が聞こえた。見れば、石碑の間から黒猫が顔を出している。

「あっ、猫ちゃんだ」

　先ほどの視線は猫だったのかと、ほっとした。

「あそこに猫がいますよ」

指差して二人に報告したが、誉さんは、「そうか」と、あまり驚いた様子はない。

「可愛かったですよ」

すぐに姿を隠してしまった猫の愛らしさを説明しようとしたら、颯手さんが、

「稲荷山には、意外と猫が多いねん。また会えると思うで」

と、微笑んだ。

さらに階段を登ると、目の前に池が広がっていた。冴ケ池《こだまがいけ》という名前が付いているようだ。そばに拝所があり、中を覗くと、お塚と御神鏡がお祀りされていた。それを守るように白い狐の像が配されていて、神秘的な雰囲気を醸し出している。大きな蝋燭の炎が、薄暗い拝所の中で揺らめいている。

「熊鷹社《くまたかしゃ》や。御祭神は熊鷹大神。水商売や勝負事のご利益があるて言われてるみたいやね」

こわごわ拝所を覗きこんでいたら、颯手さんが、そう教えてくれた。

熊鷹社を通り過ぎ、さらにどんどんお山を登る。

『三ツ辻』という分かれ道を越えると、ぜえぜえと口から息が漏れ始めた。

（さすがに疲れてきた……）

お山に入る前、気楽に「行きたいです！」などと言ってしまったことを後悔する。

「愛莉さん、もう少しやから頑張って」

颯手さんの励ましに「はい」と答えて、さらに階段を上ると、不意に視界が開け、眼下に京都の街並みが見えた。

「わあっ……！」

「『四ツ辻』はこの上だ」

歓声を上げた私に、誉さんが、ゴール間近であることを教えてくれる。もうひと踏ん張りし、階段を上りきると、ようやく『四ツ辻』に辿り着いた。その名のとおり、ここも分かれ道だ。

辻には雰囲気のいい茶屋があった。

開けた場所にはベンチが置いてあり、休憩ができるようになっている。

「はぁ～、疲れたぁ～」

ベンチに腰を下ろし、息を吐いた私に、

「お疲れ」

誉さんが面白がるような視線を向けた。颯手さんが茶屋からサイダーを買って来て、渡してくれる。

「ありがとうございます」

ビンに口を付けると、爽やかな炭酸の味が疲れた体に染み渡った。

「結構高いところまで登ってきましたね」

三人でベンチに腰を下ろし、遠くを見つめる。ふと視線を感じて振り向くと、誉さんがこちらを見ていた。まっすぐな瞳にドキッとする。

「あの……何か？」

小さな声で尋ねると、誉さんはポケットからハンカチを取り出し、私に向かって差し出した。

「汗を拭け。体が冷える」

「ありがとうございます」

お礼を言って、ハンカチを受け取る。

ハンカチで押さえるように腕を拭っている私から視線を逸らし、誉さんは再び眼下を眺めた。昔の恋人に付けられたという、左頬の傷が目に入る。――胸がきゅっと痛くなった。

（誉さんは、まだ花蓮《かれん》さんのことを想っているのかな……）

「休憩したら下りよか。それとも、頂上まで頑張る？」

ぼんやりしていると、颯手さんが悪戯っぽく問いかけてきた。かなり疲れていた私は、慌てて両手を横に振った。

「ここまででいいです！」

即座に断った私の反応が可笑しかったのか、颯手さんが、ふふっと笑う。

サイダーが空になると、私たちは立ち上がった。茶屋にビンを返し、今度は登ってきた道を下り始める。

帰りは楽かと思いきや、転けないように階段を下りるのは、意外と太ももの裏にくる。上りで疲れ切っていた私が、よろよろと歩く姿を見て、誉さんと颯手さんが、

「生まれたての子鹿みたいだな」

「気をつけて、愛莉さん」

と、心配そうにしている。

途中で行きとは違うルートに入り、どんどんと鳥居を潜っていく。

「本当にお山じゅうに鳥居が立っているんですね」

「一万基を超えているらしいが、正確な数はわからないだろうな」

誉さんの答えを聞いて、私は「確かに、一本一本数えていたらキリがないだろう」と思った。

そうして、しばらくの間、鳥居の中を下っていたが、

「……？」

私はおかしな気配を感じて、足を止めた。

「誉さん、颯手さん。いつになったらお山を下りられるんでしょうか。この道、さっきも通ったような気がします」

見覚えのある景色を見て、首を傾げる。

「……やっぱりね」

颯手さんも怪訝な表情で立ち止まった。誉さんが、私に目を向け、

「あんた、ますます感覚が鋭くなってきたな」

と、驚いた顔をした。

「俺も、おかしいと思っていた」

そして視線を転ずると、まなざし鋭く鳥居の隙間から外を見て、警戒した声でつぶやいた。

「囲まれているな」

私も注意深く周囲を見回す。誰もいないのに、あちこちで、ざわざわと草木が音を立てている。

「何者だ？　俺たちを迷わせて、どうするつもりだ？」

誉さんが鳥居の外に厳しい声をかけると、不意に何もない空間が揺らめき、狐の姿が現れた。一匹だけではなく、その数は続々と増えていく。

気が付くと、私たちは、数えきれないほどの白狐に取り囲まれていた。

誉さんが私を庇うように前に立つ。用心深く狐たちを見つめ、

「なんの用だ？」

と問いかけた。

「陰陽師……」

「陰陽師は我らに害を為す……」

「喉を噛みちぎってやろうか」

「腹を食い破ってやろうか」

不穏な言葉があちこちから聞こえてきて怖くなり、誉さんの背中に隠れると、誉さんは、私を安心させるように囁いた。

「あんたのことは、俺たちが守る」

そして、再び、狐たちへ視線を向け、静かな声で語りかけた。

「何か勘違いしているみたいだな。俺たちが神使を害するなど、ありえない。ここから出せ」

すると、狐の集団の真ん中に、青い陽炎が立った。陽炎は、見る間に、美しい女性の姿に変化する。真っ白な着物に朱色の帯を巻いた女性は、切れ長の涼やかな目で私たちを見つめた。

「嘘を言ってもダメじゃ。陰陽師の一味よ。再び、我らの仲間をかどわかしにきたのであろう？　我らが同じ悲しみをこうむる前に、陰陽師は排さねばならぬ」

「かどわかす？　どういう意味だ？」

鋭いまなざしで問い返した誉さんを、着物姿の女性は、きっと睨みつけた。

「しらを切るつもりかえ？　先だって、我らの子を罠にかけ、連れ去ったというのに」

「俺たちは、誰も連れ去っていないが？　事情を教えてくれ。なんのことかさっぱりわからない」

「ならば、あらためて話して聞かせようか。そなたらの罪を」

女性は怒りを含んだ声で語りだした。

「先だって、そなたらの仲間がこのお山に入った。小豆の飯を置き、罠を仕掛け、我らの子が飯に惹かれて入ったところを捕らえた。そして連れ去った。嘆き悲しんだ母が、子を探しに向かったが、その母も帰っては来ぬ。大神様の御使いを捕らえる不敬な輩は、罰を受けてしかるべきだ」

「つまり、稲荷山の神使を捕まえた人物がいるんだな。俺たちはそんなことはしていない。俺たちはその人物の仲間ではないし、なんの関係もない」

誉さんはきっぱりと否定をしたが、

「罪を認めぬか」

女性は頑固にも聞く耳を持ってくれない。

「わ、私たち、本当に何もしていません。神使を捕まえるようなこと、するわけがないです！　信じてください！」

　思わず声を張り上げた私に、誉さんと颯手さんが、驚いた様子で視線を向ける。

「…………」

　女性は、しばらくの間、無言で何か考えていたようだったが、

「そなたは、水無月愛莉だな。神の願いごとを叶える人物だと聞いている。――なら ば、証明してみせよ。月が変わるまでに、悪事を為した陰陽師を捕らえ、我らの仲間 を連れ帰って来れば、そなたらのことを信じよう」

　と、ほんの少し、態度を軟化させた。

「……もし、それができなければ？」

　誉さんが注意深く問い返すと、彼女は、ぞっとするような美しい笑みを浮かべた。

「我が天狐《てんこ》の力をもって、末代まで祟ってくれよう。この場は見逃してやろうぞ」

　そう言うと、天狐の姿は、ふっと掻き消えた。他の白狐たちも、一匹、また一匹と 姿を消していく。

　全ての狐がいなくなると、誉さんが、ふぅと息を吐いた。

「なんとか切り抜けられたな……」

「どうする？　えらい濡れ衣を着せられたで」

「そのことは後で考えよう。とりあえず、ここから離れるのが先決だ」

誉さんはそう言うと、足早に歩きだした。

無事に稲荷山を下り、伏見稲荷大社の境内を出た私たちは、京阪電車『伏見稲荷駅』へと向かった。

「面倒くさいことになっちまったな」

改札口を潜り、駅のホームに立った誉さんが、やれやれといった様子で溜め息をついた。

「あの天狐、愛莉さんを知ってはったね。だから、僕と誉のことも知ってたんや。僕ら、神使の間で、ちょっとした有名人てところやろか」

颯手さんが困った表情で苦笑いをする。

(きっと神使ネットワークだ)

京都の神使たちは、時々、集まって、情報交換をしているらしい。私はその集まりを、ひそかに「神使ネットワーク」と呼んでいる。以前、出会った、熊野若王子神社の八咫烏《やたがらす》は、神使の集まりで、私たちの噂を聞いたと言っていた。

「天狐さん、私たちのことを誤解していましたね」

悲しい気持ちでそう言うと、誉さんは、

「陰陽師に恨みがあるようだったな。何か、勘違いをしているんだろう」

と、肩をすくめた。

「僕らの他に、陰陽師がいるってことやね。その人は、なんのために霊狐の子供を攫ったんやろう」

颯手さんが顎に指をあて、考え込んだ。

「誉さん、颯手さん。どうやって、狐たちを捜すつもりなんですか？」

不安になって尋ねる。手がかりなしで捜すのは、難しそうだ。

「とりあえず、伝手《つて》をあたって調べてみよう。その陰陽師のことを知っている奴がいるかもしれない」

誉さんは拝み屋だ。何か特別なルートを持っているのかもしれない。

「なんや、嫌な予感がするね……」

「お前の勘が杞憂だといいがな」

誉さんは睨むように宙へと視線を向けた。

踏切が不安を煽るような音を立て、間もなく、電車がホームへ入ってきた。

＊

私たちが霊狐に脅されてから、一週間が経った。七月の末日は、刻々と迫ってくる。

仕事を終え、アパートに帰ってきた私は、二階の廊下でスマホを耳にあてている誉さんと出会った。誉さんは、片手に、火の点いたタバコを持っている。

「――そうですか、そんなことが。はい、おっしゃるとおり、普通ではありませんね」

（普通ではない？）

会話の内容が気になって、私は足を止めた。

（拝み屋のお仕事の話かな？）

「情報ありがとうございます。何か困りごとがあればいつでも相談にのりますよ。それでは」

誉さんの電話が終わると、私は、

「なんのお電話だったんですか？」

と、尋ねた。

タバコを吸っている時に取ったのだから、急ぎの用事だったのだろうか。

「先日の厄介ごとの件だ」

誉さんは短く答えた後、タバコを口に咥え、デニムのポケットから携帯灰皿を取り出した。今にも灰が零れそうになっていたタバコを、携帯灰皿に押し込む。

「先日の……というと、行方不明の霊狐の件ですか？　何かわかったんですか？」

「知り合いの坊さんから聞いた話だが、最近、不審な亡くなりかたをした人がいるようだ」

「不審な亡くなりかた？」

「突然、意味不明なことを叫んだり暴れたりするようになって、過食に走ったかと思えば何も食べなくなり、医者にかかっても原因はわからず、そのうちに体が弱っていって、結局、死んでしまったんだと」

「それは変な話ですね……」

「憑き物に取り憑かれた時の行動に似ているから、稲荷山の霊狐と関係があるんじゃないかと思ってな」

「憑き物？　それって、どういうことですか？」

驚いて、思わず大きな声が出た。

「いわゆる狐憑きだ。神の使いが人に憑いて悪さをしたとは、思いたくないがな」

「さっきの電話の方、どういう方だったんですか？」

気になって聞いてみると、誉さんは、にっと唇の端を上げ、思わせぶりな表情を浮かべた。

「とある寺の坊さんだよ。寺にも、超常現象的なお悩みごとの相談が来るんだ。今度、それらしい話がきたら、こちらに回してくれと言っておいた」

（その人は、もしかして、誉さんの拝み屋仲間なのかな？）

京都には、まだまだ私の知らない世界がありそうだ。


翌日、『Cafe Path』に、特別な来客があった。

疏水の見える窓側の席に座っているのは、誉さんと一人の男性。体にぴったりと合ったスーツを着た、理知的な雰囲気の男性は、市議会議員の榎木田隆生《えのきだりゅうせい》さんだ。榎木田さんは誉さんの裏の家業を知っていて、たびたび依頼をしてくるお得意様だった。

今日も何かの依頼で来たのだろうかと気にしながら、テーブルにコーヒーを運ぶと、榎木田さんは私を見上げ、

「水無月さん、その節はお世話になりました」

と、愛想良く笑いかけた。

榎木田さんの奥さんは七菜《なな》さんという綺麗な人で、以前、実の姉の八重《やえ》さんから、丑の刻参りで呪われていたことがある。それを祓ったのは、誉さん。私も少しだけ、お手伝いをした。

「あの……七菜さんと八重さんはお元気ですか？」

その後の二人が気になり、尋ねてみると、

「はい。七菜は妊娠中ですが、元気にしています。八重さんも立ち直って、仕事に精を出しているようです。八重さんに恋人ができたのですよ。会社の同僚で、向こうから熱烈にアプローチされたのだそうです。姉妹仲はまだギクシャクしていますが、お互いのことを気にはしているようです」

榎木田さんは、今の状態に幾分ほっとしているのか、穏やかに微笑んだ。

「そうでしたか」

八重さんは以前、榎木田さんに想いを寄せていた。妹の七菜さんが榎木田さんと結婚して、やり場のないつらい気持ちを抱いていたのだ。八重さんが新しい恋をしていると聞いて、私は嬉しくなった。

「それで、今日はどういったご依頼ですか？」

誉さんが、私と榎木田さんの会話を遮った。榎木田さんは、あらたまった様子で誉さんに向き直ると、深刻な表情を浮かべた。

「実は、その八重さんのことです。彼女が秘書をしている会社の社長が、最近、おかしな言動をするようになったそうです」

「おかしな言動……とは？」

「突然暴れだしたり、口汚く人を罵ったりするそうです。『ねずみの天ぷらを持って来い』とわけのわからないことを言って、八重さんに迫ったこともあるらしく、八重さんがすっかり怯えてしまって、相談を受けたのです」

榎木田さんの話を聞いて、誉さんが眉をひそめる。

「ねずみの天ぷら、か……」

「気持ち悪いですね」

そんなもの、絶対に食べたくない。

「さすがに仕事にならないので、社長は今、会社を休んでいるそうです。僕は八重さんに、『もしかすると、その社長は、呪われているのかもしれない』と言いました。あきらかに異常ですし」

榎木田さんは一般人だが、この世の中に、呪いなどといった不思議が存在することを信じているのだ。

「勘がよいですね。私もそう思います」

誉さんは感心したように、唇の端を上げた。

「呪いと聞いて、八重さんは何か思うところがあったようです。一度、話を聞いてやってもらえませんか？　できれば、水無月さんにも来ていただきたい。八重さんは、あなたのことを信頼しています。あなたがいれば心強いでしょう。お願いします」

榎木田さんに頭を下げられ、誉さんは「ふむ」とつぶやくと、

「愛莉、どうする？」

と、私を振り向いた。私は表情を引き締め、頷いた。

「行きます」

ひと通り話を終え、八重さんと面談する日時を決めると、榎木田さんは何度も会釈をして帰っていった。

「榎木田さんのお話、どう思いますか？」

私は、空になったコーヒーのカップをトレイに載せながら、誉さんに聞いてみた。

「……たぶん、その社長は、狐に憑かれているんじゃないかと思う」

「じゃあ、もしかして、昨日、お寺の方が教えてくださった、不審死の話と関係が？」

「不審死と、行方不明の霊狐か……」

誉さんは顎に手をあて、考え込んでいる。

「八重さんに話を聞きに行くだけなら危険はないだろうが、愛莉、気を付けろよ」

「わかりました。気を付けます」

心配そうな誉さんに、私は真面目な表情で頷いてみせた。

榎木田さんと話をした数日後。

私と誉さんは、八重さんと会うために、河原町御池《かわらまちおいけ》にあるホテルを訪れた。

京都では有名な一流ホテルのロビーは落ち着いた雰囲気で静かだった。少し気後れしながら、誉さんの後についていく。

誉さんはすたすたと一階のカフェに向かうと、中に入った。すぐに接客の女性が近付いてきて、「お二人様ですか？」と尋ねたが、誉さんが、「人と待ち合わせている」と言うと、「ああ！」という顔をした。

「あちらでお待ちの方でしょうか」

手のひらで指し示された先に若い女性がいる。胸もとにリボンの付いたブラウスと、タイトスカートという、すっきりとした格好だ。肩にかかるぐらいの髪は綺麗にブローされていて艶やかだった。美人というタイプではないが、ナチュラルなメイクと整えられた眉が、清潔感を漂わせている。

「……八重、さん？」

私は目を瞬かせた。以前出会った八重さんは、化粧っ気もなく、髪型もぞんざいで、地味な印象だった。今、目の前にいる彼女は別人のようだ。

誉さんも驚いたのか、小さな声で「へえ……」とつぶやいた後、私を見た。

「『変わりたいと思うなら変われる』と言った、お前の励ましの言葉が効いたのかもな」

　私は照れくさい気持ちで微笑んだ。私の言葉が彼女を勇気付けたのだとしたら、嬉しい。

　私たちは八重さんのもとへ近付いた。気配に気が付き、八重さんがこちらを向く。

「あっ、水無月さんと、神谷さん。今日は来てくださってありがとうございます」

　八重さんはさっと立ち上がると、深々と頭を下げた。

「こんにちは。お久しぶりです」

「お元気そうで何よりです。お変わりになられましたね」

　私と誉さんが交互に挨拶をすると、八重さんははにかむように微笑んだ。

「座りましょう」

　誉さんが先に椅子に座り、私と八重さんも腰を下ろした。

　水を持ってきた接客の女性に、二人分のコーヒーを頼む。八重さんの前には、既に紅茶の入ったティーカップが置かれている。

「それで、話というのは？」

　コーヒーが運ばれて来ると、誉さんが本題に入った。

「隆生さんのほうから、お話は聞いておられると思うのですが、勤め先の社長の様子がおかしくなりまして」

「はい、聞いています。私は、その社長は何かに取り憑かれているのだと考えています」

「そう……ですよね。あきらかに普通の状態ではありませんし。隆生さんは、呪いをかけられているのではないかと言うのです。社長は気のよい方で、誰かから呪われるような人ではありません。でも、もし呪いだとしたら……。呪いって、普通の人は、簡単にかけられませんよね。誰か詳しい人に方法を教えてもらったり、呪具を手に入れたりしないと」

かつての自分の行いを思い出しているのか、八重さんが目を伏せる。

「そうですね。一般の方が呪いをかけたいと思うのなら、よほど研究するか、陰陽師や呪術師などの助けが必要でしょうね」

誉さんの言葉を聞いて、八重さんは一度ぎゅっと目をつぶった後、決心をしたように顔を上げた。

「……実は、私が七菜を呪った時、助けてくれた人がいたのです」

「えっ！」

私は思わず声を上げ、話の腰を折ってしまった。誉さんが「静かに」というように、ちらりと私を見た。

「父の友人が家に来た時、『呪いを請け負って仕事にしている人物がいるらしい』

と、話をしているのを聞いてしまったのです。『人づてに聞いて、連絡先を手に入れたから、欲しかったらやるよ』と言った友人に、父は『よくできた嘘だろう？　いらないよ』と笑っていましたが、その方が帰る時、私は追いかけて、詳しく話を聞きました。父の友人は、単純に、物語みたいな面白い話だと思って信じてはいなかったのか、その人の連絡先だというメールアドレスを、あっさりと教えてくれました」

一度、言葉を切り、八重さんは紅茶で唇を湿らせた。誉さんが「それで？」と話の続きを促す。

「その時、私は、七菜と隆生さんのことで思い詰めていました。魔が差して、呪いを請け負っているという人に連絡をしてみたのです。そうしたら、カウンセラーのように丁寧に相談にのってくださって。何度もやりとりをするうちに、私はその人のことを信頼するようになり、勧められるがままに呪いの藁人形を買いました」

私は息を呑んだ。八重さんが丑の刻参りを始めたきっかけは、その謎の人物のせいだったのだ。

「呪いを仕事にしている者か……。その後のやりとりはありましたか？」

「いいえ、それっきりです。メールアドレスが変わったのか、エラーが出て届かなくなってしまいましたので」

「なるほど……」

誉さんが難しい顔で考え込む。

「今回の社長の件も、もしかすると、その方が関わっているのかもと思いまして……。それを伝えなければと、今回、お二人に来ていただきました」

八重さんはそう話を締めくくった。

私は不安な気持ちで誉さんの顔を見た。誉さんが、

「一度、社長さんの様子を見に行ってもいいですか？」

と、尋ねると、八重さんは前のめりになった。

「はい……！　そうしてくださると助かります！」

「私が一人で行くよりも、八重さんに間に入ってもらったほうがいい。案内してもらえますか」

「もちろんです！」

八重さんが何度も頷く。そして、私のほうを向き、

「あの……できれば、水無月さんにも来ていただきたいのですけれど、ダメでしょうか？」

と、不安そうに問いかけた。

「えっ？　私もですか？」

「はい。……私、社長のところへ行くのが、少し怖くて。水無月さんがそばにいてく

ださると、勇気が出ると思うんです」

信頼を寄せられて、胸がぽうっとあたたかくなった。

私は誉さんにお伺いを立てるように視線を向けた。

「なら、あんたも一緒に来てくれるか？」

誉さんの許可をもらい、私は「はいっ」と元気よく答えた。


そして、翌日。

私と誉さんは、案内人の八重さんと共に、京都でもモダンな雰囲気が漂うエリア、北山《きたやま》に建つ、大きな邸宅の前にいた。

八重さんがインターフォンを押して名乗ると、「お待ちしておりました」と、すぐに応えが返ってきた。

門扉が開き、中で待っていたのは、黒いワンピースに白いエプロンを着けた、お手伝いさんらしき女性だった。八重さんの顔を見て、丁寧にお辞儀をする。

「こんにちは。鈴本《すずもと》様。お疲れ様でございます」

「こんにちは」

八重さんは秘書なので、お手伝いさんと顔見知りになるほど、この邸宅に来たことがあるのだろう。

お手伝いさんに「こちらへどうぞ」と案内され、家の中に入る。客間に通されると、品のいい女性がソファーに座っていて、私たちの顔を見るなり、立ち上がって頭を下げた。

「ようこそお越しくださいました。わざわざお運びいただいて、申し訳ありません。わたくしが、守屋実文《もりやさねふみ》の妻の玲子《れいこ》です」

玲子さんは五十代後半といったところだろうか。目の下には隈があり、肌がくすんでいる。疲れているように見え、あまり寝ていないのではないかと思われた。

「神谷です」

「水無月といいます」

私たちも名乗り、軽く頭を下げる。

「話は鈴本さんから聞いています。主人の様子を見に来てくださった……拝み屋の方、ですよね？」

玲子さんは疑うように問いかけたが、ご主人のことで憔悴しているのか、藁にも縋りたいというような目をしていた。

「はい。不可思議な現象に悩んでおられる方に力をお貸しする、拝み屋をしております」

誉さんが、さらっと肯定する。

「早速ですが、ご主人に会わせていただけますか？」

「奥の部屋におります。こちらへどうぞ」

玲子さんが目配せをすると、お手伝いさんが扉を開けた。先に廊下へ出ていった玲子さんに続いて、私たちも客間を出た。

廊下には、絵画や陶器などの美術品が飾られている。私には善し悪しがわからないが、きっと高いものなのだろう。

「主人は自室におります」

「いつから様子がおかしくなられたんですか？」

廊下を歩く玲子さんの斜め後ろから、誉さんが質問をする。

「今月に入ってからです」

「何か、前触れが？」

「わかりません。ある日、夜中に激しい物音がして、なんだろうと思って主人の部屋に行くと、気でも狂ったのかというほどに暴れていたんです。止めようとしたら、ものを投げつけられました。声をかけても聞こえていない様子でしたし、困り果てていたら、電池が切れたみたいに、いきなり静かになって、バタンと倒れたんです。慌てて近寄ってみたら、眠っていました」

玲子さんが、暗く、途方に暮れた表情で息を吐いた。

「翌朝にはけろっとしていて、仕事にも行ったのです」

「はい。確かに社長は、いつもどおり精力的に仕事をこなしておられました。でも、誰かが仕事でミスをした時や、昼時になって空腹を感じてこられると、暴言を吐いたり、暴れたりするようになったのです」

最後尾を歩いている八重さんが、詳しく付け加える。

「そんな人ではないんです。確かに、口調が乱暴なところはありますけれど、気がよくて冗談好きで……」

憂い顔の玲子さんに、誉さんが、

「どんな暴言を吐いておられましたか？」

と、さらに突っ込んだ質問をした。玲子さんは宙を見て、視線を彷徨わせ、思い出すのもつらいといった様子で答えた。

「『この男は人殺しだ』とか、『殺してやる』とか、そんなようなことです」

「会社でも似たようなことをおっしゃっていました。『ここにいる者は皆悪人だ』とか『殺人の共犯者どもめ』とか……」

八重さんが、恐ろしいとでもいうように、震える声で続けた。

（物騒な言葉ばかり……）

話をしているうちに、実文さんの部屋に着いたようだ。

「ここが主人の部屋です」

玲子さんが襖を開けた部屋は、十二畳ほどの和室だった。床の間があり、掛け軸が掛けられていたが、半分にちぎれていた。中ほどに敷かれた寝具の上に、初老の男性が横たわっている。

（あの方が実文さん？）

近付き、様子を見ると、実文さんの顔は頬がこけて痩せていた。

実文さんを見下ろし、誉さんが、

「食事はとっておられますか？」

と、玲子さんに質問をする。

「食べるのですが、日に日に痩せていくので心配で……。食べ方も、動物のようにがっつくのです。夜中にも何か食べているようで、朝になると台所が荒れています。そしてなぜか最近、油の減りが早いんです。まさか、飲んだりしていないとは思うのですが……」

玲子さんの答えを聞いて、誉さんが「油を飲むのは、狐憑きの症状の一つだな」とつぶやいた。

「今は眠っているようだが……」

「でも、眉間に皺が寄っていて、なんだか苦しそうですね……」

心配になって顔を覗きこんだら、突然、実文さんの目が見開かれた。むくりと体を起こすと、

「人殺しめ！　人殺しは罰さねばならない！」

と、叫び、私の足首をガッと掴んだ。

「キャッ！」

強い力で引っ張られ、私は畳の上に倒れ込んだ。その途端、誰かの思念が頭の中になだれこみ、心臓を掴まれたように、胸が一気に苦しくなった。

――あの子を殺した会社を、私は許さない。

喪服姿の人々が、「気を落とさないで」「大変でしたね」「お悔やみ申し上げます」――私を取り囲み、口々に哀悼の言葉を述べてくれるが、私の耳には何一つ届いていなかった。

心の中には、「どうして」という感情ばかりが渦巻いている。

――転職をした息子は、会社でうまくいっていないのだと言っていた。「でも、まだ入社したばかりだし、頑張るよ。お母さん、心配しないで」と、私を安心させるように笑っていた。

それなのに、あの子は会社を辞めて、命を絶ってしまった。あの子の遺書を読んで、初めて、パワハラを受けていたのだと知った。

誰があの子の心を痛めつけたのだろう。わからないけれど、悪いのは、そいつを野放しにした会社だ。許せない。潰してやる。潰すだけでは事足りない。殺してやる。まずは社長を殺して、それから順番に……。あの世で、あの子に詫びればいい――。

憎しみの思いに比例するかのように、私を掴む実文さんの手の力が強くなる。

声も上げられず硬直していると、誉さんが、実文さんの腕を押さえた。

「『思えども　人の業《わざ》には　限りあり　力を添えよ　天地《あめつち》の神』」

流暢な早口で三度唱える。誉さんの呪歌を聞き、実文さんの体がパタリと倒れた。

「大丈夫か、愛莉！　怪我はないか？」

焦ったように私のスカートをめくり、誉さんが足に触れる。気持ちが思念に引っ張られていた私は我に返り、慌ててスカートの裾を押さえた。

「ほ、誉さん……大丈夫、なので、スカート……」

誉さんが、ハッとしたように手を離し、

「……すまん」

赤くなって視線を逸らした。

「誉さん、さっきの実文さんの様子は、なんだったんですか？」

気まずい空気になってしまったので、雰囲気を変えようと、先ほどの現象について聞いてみると、玲子さんが泣きだしそうな顔で、

「一体、どうなっているのでしょう……」

と、声を震わせた。八重さんが、よろめいた玲子さんを支えている。

「やっぱりこの方、狐憑きですか……？」

立ち上がった誉さんは、私のほうを向いて、頷いた。

「狐祓いの呪歌に反応した。疑いようがないな」

「もしかして、祓えたんですか？」

「いや、祓うまでにはいかなかった。かなり力の強い狐だな。完全に祓うには、準備が必要だ」

そう言うと、誉さんはデニムのポケットからスマホを取り出した。素早く液晶画面に指を滑らせ、電話をかける。

「ああ、颯手。悪いが、俺が帰るまでに用意をしておいてくれ」

相手は颯手さんだった。

「俺の弓を出しておいてくれ。あと、祭壇やら榊やらもいるな」

あれこれと颯手さんに指示を出している誉さんの横で、私は、先ほど同調した思念について考えていた。

（さっきの思念は、誰のものだったの？　呪い主のもの……？）

ひどく「会社」を恨んでいた。おそらく、実文さんの会社のことだろう。

（息子さんがパワハラに遭って、自殺した……？）

だから、呪ったのだろうか。陰陽師に頼って。

強い負の感情を思い出し、急に体が重くなり、私は畳に手をついた。

倒れ込みそうになっている私に気が付き、誉さんがハッとしたようにこちらを向いた。

「愛莉、どうした！　愛莉！」

誉さんの声が遠くなり、私は、ふっと意識を失った。


そして、深夜――。

一旦、アパートへ帰った私と誉さんは、再び北山へと赴いていた。

昼間、倒れてしまった私を、誉さんはひどく心配し、「家で休んでいろ」と勧めたが、私は「ついていきます」と言い張った。

結構な時間、言い合いを続け、結局、誉さんが折れて、一緒に行くことを許してもらった。

実文さんの邸宅へ戻ると、彼が眠る部屋は、昼間来た時と様子が一変していた。

畳の上に白木の机が設置され、榊や灯り、神饌、弓矢、刀が並べられている。

その机の隣にも、同じように机が二つ並んでいて、一方には、蝋燭の灯りと雲形の透かしの入った蓋が置かれ、もう一方の机には、何も置かれていなかった。

周囲には、紙垂《しで》が付けられた注連縄《しめなわ》が張り巡らされている。

実文さんは注連縄の中に寝かされていた。落ち着いて横になっているが、時折うめき声を上げている。呼吸も荒い。

「昼間よりもご体調が悪くなっているみたいですね」

「ああ。まずいな」

誉さんが、まなざし鋭く、実文さんを見つめる。

「誉、遅かったね」

結界の外にいた颯手さんが、こちらを向いた。

「愛莉と言い合いをしていた」

「言い合い？」

目を丸くして、私の顔を見た颯手さんに、私は苦笑いを向けた。それで察したのか、颯手さんはそれ以上は聞かず、

「愛莉さん、気を付けてな」

と、優しい声で注意をした。

今夜の誉さんは無精ひげを綺麗に剃っていて、髪もきゅっと結んでいる。ぱりっとアイロンのかかった白いシャツには清潔感が漂っていて、神事の時のスタイルだ。

神様にお願いごとをする時は、滝行の代わりにシャワーを浴びて体を清め、きちんとした格好をしないといけないらしい。

（普段はだらしないから、ギャップが激しくて……）

思わず見惚れていたら、誉さんがこちらを向いて、心配そうな表情を浮かべた。

「どうした、愛莉？　やはり気分が悪いのか？」

「あっ、な、なんでもないです！」

慌てて両手を横に振る。

「気分が悪くなれば、すぐに颯手に言えよ。――さあ、とっとと終わらせるか」

誉さんは気合いを入れるように指を鳴らし、結界の中へ入った。私と颯手さんは結界の外に立つ。玲子さんと八重さんは、客間に避難をしてもらっている。

「これから、どんなことをするんですか？」

颯手さんに小声で尋ねると、颯手さんは私の耳元に口を寄せ、

「鳴弦《めいげん》や。弓の弦だけを打ち鳴らして、その音で魔を祓うねん」

と、囁いた。

颯手さんと喋っていたら、誉さんが戻ってきた。

「ほらよ、颯手」

颯手さんに刀を差し出す。九十センチほどの長さがあるだろうか。

「おおきに」

にこりと笑って刀を手にした颯手さんが、私の視線に気が付き、再び、こちらを向いた。

「これ、おばあさんが僕に残してくれた形見やねん。家に代々伝わってきた刀なんやって。誉の持つ弓も、おばあさんの形見やで」

拵えは装飾がごてごてしておらず、すっきりとしている。柄には革が巻かれ、鞘は艶のある黒、組紐の色は緑だ。

興味津々に眺めていたら、颯手さんは嬉しそうな顔をした。

「柄は、鮫皮の上に鹿革が巻かれてるねん。鮫皮っていうても、ほんまはエイなんやで。鞘は漆塗り。ここ見て」

差し出された柄を見ると、編まれた革の下に、何か金具が挟み込まれている。

「……飾り？」

「そう。目貫《めぬき》。雷雲の形で、その上に、金で北斗七星が表現されてるねん」

颯手さんの言うとおり、雲の形をした金具の中に、金の粒が七つ埋め込まれていた。

流れるように、刀の説明をする颯手さんの目が輝いている。

（意外。颯手さんって、刀に詳しかったんだ）

「この刀、部屋の中で振り回すにはちょっと長いねんな……。抜くようなことにならへんといいんやけど」

「始めるぞ」

静かに、というような誉さんの声が聞こえ、私たちは口を閉ざした。颯手さんが照明を消す。部屋の中が暗くなり、蝋燭の灯りだけが揺らめいた。

誉さんは正座をし、

「『掛《か》けまくも畏《かしこ》き伊邪那岐大神《いざなぎのおほかみ》、筑紫《つくし》の日向《ひむか》の橘《たちばな》の小戸《をど》の阿波岐原《あはぎはら》に、御禊祓《みそぎはら》へ給ひし時に』……」

まずは祓詞《はらえことば》を唱え、修祓《しゅばつ》を行う。誉さんの低い声が、耳に心地よく響く。

「……『掛けまくも畏《かしこ》き素戔嗚尊《すさのをのみこと》、北斗七星、金輪星、大山祇神《おおやまつみのかみ》、雷神、龍神、天照大神《あまてらすおおみかみ》、月弓尊《つくよみのみこと》、級長津彦命《しなつひこのみこと》、級長津姫命《しなつひめのみこと》に坐《ま》すと御名称奉《みなたたえまつ》り』……」

（神様をお招きする祝詞かな？）

たくさんの神様の名前が挙げられている。神様たちの力を弓矢に下ろそうとしているのかもしれない。

「……『尊き神の御稜威《みいつ》を蒙《かがふ》り、まさに今鳴弦し、天地《あめつち》の弓矢と共に、己が身の弓矢を射発して、邪気の鬼を射祓い射流し、異《あや》しき病悪き煩《わずら》いを射祓い射流し』……」

祝詞が進むにつれて、部屋の中の空気がピンと張り詰め、目に見えない力が弓矢に宿っていくのを感じ、背筋がぞくっと震える。

実文さんの体が痙攣し始めた。うめき声が大きくなる。暴れようとしているのに、動けないという様子に見えた。

「……『恵み幸へ守り幸ひ給へと、恐《かしこ》み恐みも白《まを》す』」

誉さんは勧請を終えると、目を開け、机に近付き弓矢を下ろした。左手に弓、右手に矢を持ち、隣の机の前に移動する。弓矢を一度、空の机に置くと、拍手《かしわで》を打った。すぅっと息を吸い、

「『千早振《ちはやぶ》る　高天原の　神集《かむつど》い　魅入る憑物《つきもの》　退《の》けんため』」

朗々と歌うと、灯りに蓋をかぶせた。暗闇の中、目に見えないものを浮かび上がらせるかのように、雲の透かし模様の間から煙が立ち上る。

それから弓矢を取り、左膝をつき、右膝を立てた。目を閉じ、ふぅと息を吐く。精神を集中させているのだろう。

誉さんが、左膝に力を入れたのがわかった。右足を何度かトントンと踏む。弓をしっかりと立て、矢を片手に持ったまま、弦をいっぱいまで張り、すぅっと息を吸い込み、

「ヤァーッ」

と、大きな声を上げた。同時に、弦から一気に手を離す。張り詰められた弦が小気

味のいい音を立てて、空気を震わせた。

（あっ……）

何か見えない力が放たれた気がして、私は目を見開いた。

その途端、荒い息を吐きながら眠っていた実文さんの体から、力に跳ね飛ばされたかのように、白い獣が転がり出てきた。

「ギャンッ！」

「狐っ！」

驚いて思わず声を上げる。

苦しそうな鳴き声を上げて畳の上に転がった白狐は、すぐに体勢を整え直すと、跳躍し、私の目の前に着地した。白狐と目と目が合う。

「愛莉さん！」

颯手さんが刀を抜いたが、それよりも早く、白狐が私の腕に噛みついた。

「キャアッ！」

白狐の体を振り払おうと、腕を振る。

「愛莉！」

誉さんの焦ったような声が聞こえた。結界を乗り越えようとした誉さんに、颯手さんが、

「誉！　結界を超えたらあかん！」

と、叫び、鞘を足元に落とすと、シャツの胸ポケットに手を入れた。中から紙片を取り出し、宙に放つ。

「『式神召喚　急々如律令《きゅうきゅうにょりつりょう》』」

紙片が大きな犬の姿に変わり、白狐に飛びかかった。白狐が私の腕を放し、犬と揉み合う。白狐は犬が苦手なのか、あっという間に押さえ込まれた。

颯手さんが、白狐の首もとに切っ先を突きつける。

「この人に危害加えるなんて、許さへんで」

狐はしばらくの間、恨めしそうに唸っていたが、

「あなたは稲荷山の霊狐やろ？　なんで人に憑りついたりしたん？」

颯手さんが静かに問いかけると、次第に唸り声が小さくなっていき、体から力を抜いてその場に横たわった。

白狐がおとなしくなったのを確認し、颯手さんは、鞘を拾って刀を戻し、軽く手を振った。白狐の体を前足で踏みつけていた犬の姿が消え、犬の形をした紙片が畳の上にひらりと落ちる。

結界を出ることができず、悔しそうな顔をしていた誉さんが、腕を押さえて座り込む私に声をかけた。

「愛莉、大丈夫か？」

私は平気な表情を作って微笑むと、

「大丈夫です」

と、答えた。……本当はかなり痛い。

「くそっ、油断した」

「誉、神様をお戻ししいひんと」

颯手さんが、白狐に視線を向けたまま、冷静な口調で誉さんを促した。弓矢からは、まだ神気が漂っている。誉さんは心配そうに私の顔を見た後、祭壇の前へと戻っていった。

誉さんが祝詞を唱え始めると、弓矢から、一つ、また一つと、見えない力が離れていくのを感じた。お招きした神様を、天にお帰ししているのだろう。

「愛莉さん。客間へ行って、八重さんに手当をしてもらっておいで」

颯手さんに勧められたが、私は首を横に振った。

「最後まで見届けます」

「そう……」

誉さんの祝詞が止んだ。ようやく素の状態に戻れたのか、結界を超えて、私たちのそばまでやってくる。

「愛莉、本当に大丈夫なのか？　見せてみろ」

「大丈夫ですって。後で、絆創膏でも貼っておきます」

心配そうな誉さんの視線から隠すように、私は腕を押さえた。

誉さんは、軽く息を吐き、私から目を逸らすと、伏せている白狐に向かって問いかけた。

「お前は稲荷山の霊狐だな？　人に憑りついていたのは、何か事情があったのか？」

「おっしゃるとおりでございます。我《われ》は大神様にお仕えする空狐《くうこ》でございます」

落ち着いた声が聞こえ、目の前に、白い着物を着た女性が現れた。稲荷山で出会った天狐に雰囲気が似ているが、目の前の女性のほうが若く見える。

空狐は私たちの前に正座をすると、

「我はこの方に恨みはありませんが……」

一度、実文さんを振り向き、

「ある者の指図により、この方を苦しめ命を取ろうとしていたのでございます」

と、言ってうな垂れた。

「ある者というのは、誰のことだ？」

「陰陽師です。陰陽師は人から金を受け取り、この方を呪い苦しめてほしいと頼まれ、我を指図して憑かせたのです。この方には気の毒ですが、我は、子を人質に取られており、断る術がなかったのです」

　空狐はそう言うと、はらはらと涙をこぼした。

「人質……！　ひどい！」

　卑怯なやり口に息を呑んだ私の横で、誉さんが眉間に皺を寄せ、腕を組んだ。

「稲荷山で子狐が陰陽師に攫われたというのは、本当だったんだな」

「陰陽師はお山に小豆飯を撒きました。天狐、空狐、気狐《きこ》は食しませんでしたが、まだ霊力のない我が子が食してしまったのです。罠にかけられ捕らわれた我が子を救うため、我はお山を下りたのですが、助ける術がなく、仕方なくこうして陰陽師の命に従っているのです」

「天狐、空狐、気狐ってなんですか？」

　少し気になり、誉さんにそっと質問すると、

「霊狐の位だ」

と教えてくれる。そして、空狐を見つめ、厳しい声音で問いかけた。

「お前が祟ったのは何人だ？」

「この者で二人目でございます。大神様にお仕えする霊狐の身でありながら、人に害をなし、申し訳ございませんでした……」

　空狐は、両手を床につき、深々と頭を下げた。

（子供を攫われた空狐は気の毒だけど、だからといって、人を祟って殺していいわけじゃない……）

複雑な気持ちで空狐を見つめる。

「それなら、俺たちがあんたの子供を助けたら、その陰陽師の命令を聞く必要はなくなるわけだな」

誉さんの提案に、空狐は、パッと顔を上げた。

「ありがたいお申し出です。子供が我が手に戻れば、陰陽師に従う理由はございませんん」

「話はついたな。なら、行くか」

「行くって、どこへですか？」

腕はズキズキと痛み、血もまだ止まっていない。けれど、私は、どこだったとしても、誉さんについていこうと心に決めた。

「陰陽師のところへ行って、子狐を助けるんだ。ついでにそいつをボコボコにしてやる」

鋭いまなざしで答え、誉さんは、片手を、もう片方の手のひらに打ち付けた。

私たちは実文さんの邸宅を出ると、颯手さんの車に乗り込み、陰陽師が住むという家に向かった。

私の腕には、ぐるぐると包帯が巻かれている。

誉さんと颯手さんは、怪我をした私を心配し、実文さんの家で休んでおくように、と勧めたが、私は「自分にも関係のあることだから、ついていく」と言い張り、不承不承、二人を納得させた。

空狐は狐の姿で宙を走り、私たちを目的地へと案内する。夜の大通りを駆けていく白狐の姿は美しいが、私たち以外の誰も彼女が見えていないことに、不思議な気持ちになった。

車は北山通から堀川通に入り、晴明神社を超え、中立売通《なかだちうりどおり》を曲がった。千本通《せんぼんどおり》まで来ると、空狐は住宅街の中へ入っていった。

「なるほど。『宴《えん》の松原《まつばら》』か。狐使いが潜伏するには相応しいな」

独《ひと》り言《ご》ちた誉さんに、

「どういう意味ですか？」

と尋ねる。

「このあたりは平安京の大内裏だったんだ。『宴の松原』は大内裏の中にあった松林で、当時の人々は狐狸妖怪の類が現れると思っていたらしい。『今昔物語集《こんじゃくものがたりしゅう》』には、少女に化けた狐が人を化かそうとして、正体を明かされて逃げていったという話が載っている。――まあ、陰陽師がそれに引っかけて、ここに潜伏しているのかどうかはわからんがな」

誉さんはそう説明した後、肩をすくめた。

話している間に、目的地に到着したようだ。空狐が一軒の町家の前で足を止め、こちらを振り向いた。

「着いたみたいや」

颯手さんが町家の少し手前で車を停め、静かにエンジンを切る。

私たちは車から降りると、町家を見つめた。二階建てで、築年数はかなり古そうだ。明かりは点いておらず、建物の中は暗かった。

「誰もいないんでしょうか？」

「さあ、どうやろ……」

私の囁き声に、颯手さんが答える。誉さんに視線を向け、

「どうする？　正攻法でいく？」

と、尋ねた。

「チャイム鳴らして、こんばんは……ってか？」

「殴り込むわけにもいかへんやろ」

「あっ、空狐さん……！」

二人が話している間に、空狐は戸のほうへ駆けていくと、霊体のまま、家の中へ入っていった。姿を消した空狐を見て、誉さんが戸に手をかける。すると、すんなりと戸が開き、私たちは顔を見合わせた。

「空狐さんが鍵を開けてくれたんでしょうか？」

「いや……もとから鍵がかかっていなかったのかもしれない」

誉さんはそう言うと、家の中に踏み込んだ。堂々と奥へと入っていく誉さんを見て、私はうろたえてしまった。

「ほ、誉さん！　大胆すぎますよ！」

（陰陽師に見つかっちゃう！）

「愛莉さん、大丈夫やで。……たぶん、もう陰陽師はいいひん」

慌てている私に、颯手さんが安心させるように声をかけた。

「いない？」

「おそらく、僕らが狐憑きを祓ったことに気が付いて、逃げたんや」

誉さんを追って家の中へ入っていく颯手さんの後に、私もついていく。すると、奥の部屋から二匹の狐の悲しげな鳴き声が聞こえてきた。一匹は空狐の声で、もう一匹の声は幼い。

慌てて駆けつけると、「犬」と書かれた紙が何枚も貼り付けられている、木製の檻に、子狐が閉じ込められていた。我が子を自分で助けることができないのか、空狐はその周りをうろうろと歩き回っている。

　先に子狐を見つけていた誉さんが、「犬」の札を破り、檻の蓋を開け、中から子狐を抱き上げた。空狐が人間の姿に変わり、誉さんから我が子を受け取ると、瞳を潤ませて頬ずりをした。

「よかったですね、空狐さん」

　空狐に声をかけると、彼女は涙を浮かべたまま、深々と頭を下げた。

「ありがとうございます……。このご恩は忘れません」

「これで稲荷山に帰れますね」

「陰陽師は捕まえられなかったけど、空狐さんと子供を助けることはできたし、天狐さんも納得してくれはるやろ」

　颯手さんは、ほっとした様子だったが、空狐は悲しそうな顔で首を振った。

「大神様の眷属でありながら、人を祟った我には、もはやお山に帰る資格はありません。どこかの野辺へと参り、母子ひっそりと暮らします」

「えっ、そんな！」

　空狐の決心を聞いて、私は動揺した。稲荷山の霊狐たちは、空狐親子を心配し、帰りを待ちわびている。それに、彼女と子供が稲荷山に戻らなければ、私たちは天狐に祟られてしまう。

私は空狐の前に一歩踏み出し、彼女の目を見つめた。

「空狐さん。天狐さんや霊狐の皆さんが、あなた方のことを、とても心配していらっしゃいました。稲荷大神様も、あなた方の帰りを待っていらっしゃると思います。お二人の居場所は稲荷山です。早く帰って、稲荷大神様や霊狐の皆さんを安心させてあげてください」

優しい声で促すと、空狐の目から、はらはらと涙が零れた。

「罪を犯した我に、なんと慈悲深いお言葉……重ね重ね、ありがとうございます」

空狐は、もう一度丁寧に頭を下げると、

「お山に帰り、大神様のお許しを乞うてみようと思います。どうぞまた、お山へお参りくださいませ……」

再び狐の姿に戻り、子狐を咥え、庭から空へと駆け上っていった。

その姿を見送りながら、私は、ほっと安堵の息を吐いた。

＊

空狐と子狐を助けた翌日。私は、誉さんと颯手さんと一緒に、再び実文さんの邸宅を訪れていた。

誉さんと颯手さんは、昨夜使用した祭場を片付けている。その間に、私は実文さんのお見舞いに向かった。

和室が荒れているので、実文さんは別の部屋で休んでいた。体は弱っているものの、状態は落ち着いているようだ。

「お体の具合はいかがですか？」

ベッドの上に横たわる実文さんに話しかける。

先ほどまで一緒にいた玲子さんは、「そろそろ昼時なので、何か作りますね」と言って、部屋を出ていった。お昼をごちそうになるつもりはなかったので、恐縮して断ったが、「それぐらいさせてください」と、押し切られてしまった。

今、この部屋には、私と実文さんの二人だけだ。

「守屋さんにお話したいことがあります」

私は思いきって、狐憑き状態だった実文さんに足を掴まれた時、息子を亡くした母親の思念を感じ取ったという話をした。

「守屋さんの会社でパワハラを受けていた社員さんがいらっしゃったようです。その方は、心を病んで退職されて、その後、自殺なさったみたいです……。今回の狐憑きの一件は、その方のお母様が、陰陽師に依頼したことだと思われます」

私の話を聞いて、実文さんは、心から驚いた様子だった。

「弊社でそんなことがあったやなんて、全く把握してへんかったわ……！　社員、一人一人に目配りができてへんなんて、私は経営者失格やな……。そのことは、至急調査します。当事者には厳罰を与え、遺族の方には、誠意ある対応をすると約束します」

実文さんはまっすぐな瞳で私を見た。

（この社長さんだったら、きっと約束を守ってくれる）

ほっとはしたものの、私の心の中には、あの母親の悲痛な想いが残っている。

（実文さんの誠実な対応で、少しでも、あの人が救われるといいのだけど……）

そう願わずにはいられなかった。

五章　下鴨《しもがも》神社の酉

夕刻だが、空はまだ明るい。先ほど『Cafe Path』での仕事が終わったばかり。ケーキ箱の入った紙袋を携えた私は、信号が点滅し始めた横断歩道を慌てて渡った。

今日はお店でチーズケーキが余り、颯手さんが分けてくれた。颯手さんの作るスイーツは美味しいので、自分で食べたいのはやまやまなのだが、今回は、いつもお世話になっている神使にお裾分けをしようと、岡崎《おかざき》神社の狛うさぎのもとへ向かっている。

岡崎神社の狛うさぎには、以前、「夫の浮気が原因で、授かった赤ちゃんを中絶するか悩んでいる女性を助けてほしい」と依頼されたことがある。誉さんの機転で離婚と中絶を思いとどまった女性は、その後、夫婦仲も改善され、無事に男の子を出産したらしい。

去年の出来事に思いを馳せていると、右手に石造りの鳥居が現れた。一礼し、境内に足を踏み入れる。すっと空気が変わった。神域特有の清々しさを感じながら、さらに奥へと進んでいく。

階段を上ると、本殿前に、丸っこい形の、阿吽の狛うさぎの像があった。私は像に

軽く会釈をすると、本殿に向かい、作法に則りお祈りをした。すると、

「愛莉さん。ようこそ」

背後から鈴を振るような声が聞こえた。振り返れば、吽形《うんぎょう》の狛うさぎの横に、白い髪に赤い目をした着物姿の女性が立っていた。

「狛うさぎさん！　お元気でしたか？」

私は、狛うさぎの化身のもとへ駆け寄り、声をかけた。狛うさぎが、にこりと笑って頷く。

「今日はチーズケーキを持ってきたんです。よかったら、食べてください」

紙袋を差し出すと、狛うさぎは「まあ」と言って目を丸くした。

「お気遣い、ありがとうございます。もしや、颯手さんの手作りですか？」

「はい。レアチーズケーキなので早く食べたほうが美味しいと思って、今日のうちに持って来ました。保冷剤もたっぷり入れてきたので、冷えていますよ」

狛うさぎが嬉しそうに笑う。

「颯手さんのケーキは美味しいと、神使たちの間で有名ですからね」

本殿前の階段を下り、境内にあるベンチに向かう。二人で腰を下ろすと、狛うさぎは、早速ケーキの箱を開けた。

「まあ、可愛らしい」

正方形のレアチーズケーキは、食用花で飾られている。チーズの白色と、花びらの赤色のコントラストが綺麗だ。

プラスチックのフォークを手に取り、狛うさぎはケーキを掬うと、口に入れ、うっとりするように目を閉じた。

「ほっぺたが落ちそうです」

美味しそうに食べている狛うさぎを見ていると、私も幸せな気持ちになる。

「そういえば、先日、愛莉さんたちは、稲荷山の霊狐を助けたとか」

狛うさぎが、狐憑きの事件のことを聞いてきたので、私は目を丸くした。

「もしかして、神使の集まりで、その話になったんですか？」

「はい。天狐が、あなた方に感謝をしていましたよ。最近は、皆、あなた方の活躍を聞くのを楽しみにしているのです」

「そうなんですか？」

（神使の集まりで、私たちのことが、そんなに噂になっているの？　ううっ、ちょっと恥ずかしい……）

もじもじしている私がおかしかったのか、狛うさぎが、ころころと笑う。

「ますますのご活躍を期待していますね」

「は、はい……」

　神様や神使たちのお願いごとは、できるだけ叶えて差し上げたい。けれど、こんな風に期待をされると、困ってしまう。

（私、神使が見える以外は、普通の人間なんだけどなぁ……）

　狛うさぎは、私の心の声が聞こえたかのように、柔らかく目を細めた。

「愛莉さんは特別な方ですよ。あなたの心優しい性質が、皆、大好きなのです」

「ありがとうございます」

　神様の御使いが、お世辞を言うとは思えない。私は、照れくさい気持ちで頭を下げた。

　狛うさぎと喋っていると、不意に、

「すみません」

と、声をかけられた。

「はい？」

　振り向くと、リュックを背負った男性が歩み寄ってくるところだった。年の頃は、三十代前半だろうか。中肉中背で、あまり特徴のない顔をしている。

　彼は私のそばまでやって来ると、スマホを差し出した。

「写真を撮ってもらえないでしょうか。自撮りが苦手でして」

「いいですよ」

旅行者なのだろうか。

私がスマホを受け取ると、男性は階段の前に立った。立ち上がって男性の近くへ行き、スマホのレンズを向ける。

「はい、撮りますよー」

声をかけて、シャッターを押す。

「ありがとうございます」

「うまく撮れていますか？」

男性にスマホを返し、心配になって確認をすると、「バッチリです」という答えが返ってきて安心した。

「一人旅ですか？」

私の問いかけに、男性は「ええ」と頷いた。

「実は私、京都の十二支の神社仏閣を回っているんです」

「十二支？」

「京都には、神様や仏様の御使いである動物が祀られた、神社仏閣がたくさんあるでしょう？　それを順番に回っていまして」

「ここの狛うさぎみたいな動物たちのことですか？　面白いですね」

神使たちと縁のある私は、男性の話に興味を持った。

「例えば、どんなところへ行ってきたんですか？」

「子は大豊《おおとよ》神社。丑は北野天満宮。寅は鞍馬寺《くらまでら》。卯は、ここ、岡崎神社。次は辰の神泉苑《しんせんえん》に行くつもりです」

「へぇ〜！」

私も知っている神社の名前が出てきて嬉しく思う。

「今日はもう遅い時間なので、神泉苑には、明日行こうと思っています。その後は、妙音辨財天《みょうおんべんざいてん》に行く予定です。それでは、失礼します」

「お気を付けて」

会釈をして男性と別れ、ベンチを振り返ると、狛うさぎの化身は消えていた。狛うさぎの像に戻ったのだろう。

(日が落ちる前に、私も帰ろう)

鳥居を潜って丸太町通《まるたまちどおり》に出ると、私は、先ほど男性から聞いた話を思い返した。

(妙音辨財天が巳ってことか。そういえば前に颯手さんが、弁財天の神使は蛇だって言っていたっけ)

十二支に関係する神社仏閣を回るなんて、面白いことをしている人がいるものだ。

(私もちょっとやってみたいかも)

午、未、申、酉、戌、亥の神社仏閣はどこなのだろうと考えながら、バス停へと向かった。

＊

「へぇ〜、そんな面白い参拝をしてはる人に会ったんや」

『Cafe Path』での仕事中。客がはけて暇になった時間。私は颯手さんに、昨日、岡崎神社で出会った男性の話をした。

「その他の神社仏閣って、どこなんでしょうね」

私の疑問に、颯手さんが腕を組んで考え込む。

「午は貴船《きふね》神社か、上賀茂《かみがも》神社、藤森《ふじのもり》神社かな。未は法輪寺《ほうりんじ》やろうね。申は赤山禅院《せきざんぜんいん》か、幸神社《さいのかみのやしろ》やろか。酉……酉……」

すらすらと神社仏閣の名前を挙げた颯手さんは、酉で詰まってしまった。

「鶏に関係するところなんてあったやろか」

「颯手さん、戌と亥はどこなんでしょう」

酉は、一旦、横に置いておいて、最後の二つを尋ねてみる。

「戌は即成院《そくじょういん》、亥は護王《ごおう》神社か、禅居庵《ぜんきょあん》かな」

楽しく喋っていると、不意にドアベルが鳴った。

「いらっしゃいませ。あっ、誉さん」

振り向くと、店に入ってきたのは誉さんだった。

誉さんは「おう」と言った後、私のところへまっすぐに歩いてきて、

「愛莉。腕の具合はどうだ？」

と、心配そうな顔をした。

先日、空狐に噛まれた腕は、思っていたより傷が深く、まだ治ってはいない。

「だんだん傷が塞がってきました」

あれから誉さんは私の顔を見るたびに、傷の具合を聞いてくる。

彼を心配させないように、私は平気な顔をして笑った。

「そうか……。颯手、愛莉に無理をさせるなよ」

「わかってるって」

過保護な誉さんに、颯手さんが苦笑する。

「コーヒー飲むんやろ？」

「ああ」

誉さんが窓際の席に座ったのを確認し、ピッチャーからグラスに水を注ぐ。お冷やを運ぶと、誉さんは再び私の腕に目を向け、

「すまなかった」

と、頭を下げた。彼が私に謝るのは何回目だろう。

「誉さん、気にしすぎですよ。怪我をしたのは、誉さんのせいじゃないんですから」

「だが、あんたを危険な目に遭わせちまった」

「私が自分で狐祓いの場にいたいって言ったんですよ」

怪我をしたのは油断していた私のせいだ。誉さんが謝る必要はない。

「ごめんなさい」

むしろ、謝るのは私のほうだ。

誉さんは私の目を見つめると、一瞬、不安そうに瞳を揺らした。そして、包帯の上からそっと腕に触れ、

「跡が残らないといいんだがな……」

と、つぶやいた。

祈るように目を伏せた誉さんを見て、胸がきゅっと締め付けられた。

(私は大丈夫ですよ。……誉さん、何を怖がっているんですか?)

心の中で問いかける。

その場に沈黙が落ちた。

二人とも、どれぐらいの間、黙っていたのだろう。一瞬だったかもしれないし、時間が経っていたのかもしれない。カランとドアベルが鳴り、私は顔を上げた。誉さん

が、パッと私の腕から手を離す。

入口に目を向けると、若い女性が店内に入ってきたところだった。「いらっしゃいませ」と声をかけ、女性のもとへ向かう。

「お一人ですか？」

「はい」

ロングヘアをアップにして、カラーパンツとＴシャツ、背中にはアウトドアブランドのリュックという動きやすい服装をした女性は観光客のようだ。

窓際の席に案内し、水を出して、メニュー表を渡す。パスタセットを注文した後、女性は、

「あのぅ、この近くに、大豊神社ってありましたよね？」

と、尋ねてきた。

「ありますよ。遊歩道をもう少し歩いた先に看板が出ていますから、わかると思います」

窓の外を指差し、大豊神社方面に動かすと、女性は「ありがとうございます」と軽く頭を下げた。そして、

「北野天満宮って、ここからどうやって行くんですか？」

と、次の質問をしてくる。

「坂を下って白川通《しらかわどおり》に出ると、北野天満宮行きの市バスが走っています」

そう答えながら、「ん？」と首を傾げる。大豊神社に北野天満宮……。

「もしかして、その後は、鞍馬寺に行くご予定ですか？」

推測をして尋ねたら、女性は目を丸くした。

「ええ。よくわかりましたね」

（やっぱり……！）

「十二支のいる神社仏閣をお参りするつもりなんですよね？」

私が確認すると、女性はさらに驚いた顔で頷いた。

「そうなんです……！　一年前にもチャレンジしたことがあるんですけど、その時は途中までしか行けなくて。今年こそ全部回ろうと思って、京都に来ました」

「十二カ所って、結構大変ですよね。頑張ってください」

笑顔で応援すると、女性は「はい。頑張ります」と、愛嬌のあるしぐさでこぶしを握った。

女性のそばから離れ、キッチンにいる颯手さんに注文を伝える。

「了解や。愛莉さん、コーヒー入ったし、先に誉に持っていってくれはる？」

「はい」

トレイを持って誉さんの席へと戻る。誉さんは、肘をついて顎を支え、窓の外を見ていた。私のほうを振り返る気配がなかったので、コーヒーカップを静かに置き、テーブルを離れた。

＊

翌日は『Cafe Path』の定休日だった。今日も天気が良く、暑くなりそうだ。クーラーの効いた部屋でダラダラと過ごしたいところだが、それではせっかくの休日がもったいないと、私は早朝から出かける準備をしていた。

デニムに足を入れ、リネンのブラウスを被る。小ぶりのリュックを用意して、荷物を詰め込む。

「地下鉄と市バスの観光マップも入れたし、御朱印帳も持った。カメラは……重いからスマホでいいかな」

忘れ物がないか確認をしてリュックを背負い、玄関でスニーカーを履いた。今日はたくさん歩く予定なので、動きやすい格好のほうがいい。

「出発！」

一人で気合いを入れ、玄関扉を開ける。すると、ふわっとタバコの煙が鼻に入り、私は思わずむせた。

「ごほっ……」

「ああ、すまん」

咳をした私に気付き、廊下でタバコを吸っていた誉さんが振り返った。相変わらず、朝から不健康だ。携帯灰皿を取り出しタバコの火を消しながら、誉さんが問いかけた。

「こんなに朝早くから、どこかへ出かけるのか？」

「はい。十二支の神社仏閣を回ろうと思って」

「十二支？」

首を傾げた誉さんに、一昨日の男性と、昨日の女性の話をする。

「面白そうだから、私もやってみたくなったんです。十二支に縁のある神社仏閣を参拝するのが流行っているんでしょうか」

「確かに、その年の干支に関する寺社に初詣に行くことはあるが、十二支全てを回ろうとする奴がいるなんて、めずらしいな。かなり大変だと思うぞ」

「どこの神社やお寺に十二支の動物がいるのかなと思って、昨日、調べていたんですけど、それぞれ距離が離れているんですよね。さすがに一日で全部回るのは難しいので、行ったことがある神社は省こうと思っています」

「なるほど。まずはどこに行くつもりなんだ？」

「子の大豊神社と、丑の北野天満宮は省いて、寅の鞍馬寺から始めようと思っています」

「卯の岡崎神社も省略だとすると……次は、辰の神泉苑か？　離れているな」

　誉さんは、少し考えるそぶりをみせた後、

「俺も付き合おう。バイクで連れていってやるよ」

　と、言った。

「いいんですか？」

　思わず弾んだ声を上げると、誉さんは「構わない」と笑った。

「バイクもしばらく乗っていなかったし、バッテリーが上がる前に、動かしたほうがいいからな。少し待っていろ」

（前に誉さんのバイクに乗せてもらったのって、一年以上前だよね）

　確か、狛うさぎの依頼を叶えるために動いていた時のことだ。風を切って走るバイクの爽快感や、抱きついた時の誉さんの体温を思い出した。

（あれ？　なんだか、ドキドキしてきた……）

　部屋に入っていった誉さんは、ライダースジャケットを羽織って、すぐに戻ってきた。手には、女性もののジャケットとフルフェイスのヘルメットを二つ持っている。

「ほらよ」とジャケットとヘルメットを差し出され、私は「お借りします」と言って受け取った。

「颯手の家からバイクを取ってくるから、下で待っていろ」

ヘルメットを抱えて階段を下りていく誉さんの背中を見送る。

言われたとおり、アパートの一階で待っていると、しばらくして、黒い車体のバイクに乗った誉さんが戻ってきた。誉さんの愛車「Ninja」だ。鹿ケ谷通の歩道の前に横付けされたバイクに駆け寄る。

一旦、シートから降りた誉さんは、ヘルメットのシールドを上げ、

「十二支めぐりのルートについて考えたんだが」

と、提案を始めた。

「十二支の順番に回ると効率が悪い。まずは、申、それから寅、次に午、巳、辰、羊……の順で行こうと思うんだが、どうだ？」

「そのルートのほうが行きやすいんですか？」

「市内を行ったり来たりするより、一筆書きでぐるりと回るほうがいいだろ？　……とはいえ、今日一日では、完遂できないかもしれないが」

「いいですよ。一日で回るのは無理があるだろうなって思っていましたし」

「行き先は俺に任せてくれるか？」

誉さんには、十二支の寺社に心当たりがあるようだ。

私も目星はつけてきたとはいえ、地理がよくわかっていなかったので、誉さんにお任せできるのは助かる。

「はい、お願いします！」

頭を下げると、誉さんはバイクに跨がり、私を促した。

「なら、まずは修学院《しゅうがくいん》だな。乗れよ」

急いでジャケットを身に着け、ヘルメットを被る。

えいやっと足を上げ、後部座席に跨がった。

前に乗せてもらった時は、危ないからと、腰に手を回すように言われたのだが……。

（今日も抱きついていいのかな……）

おずおずと腕を伸ばしたら、ぐいっと手首を掴まれた。誉さんは、そのまま、体の前まで私の手を持っていく。

（わわっ……）

内心で慌てていると、

「しっかり掴まっておけよ」

と、声をかけられた。

「は、はいっ」

うわずった声で返事をする。

私の準備が整ったのを確認すると、誉さんはバイクのエンジンをかけた。緩やかに発進したバイクは、鹿ヶ谷通を走ると、銀閣寺橋の前で左へ曲がり、今出川通《いまでがわどおり》に入る。

バイクは交差点で白川通に進路を変えると、北へ向かって速度を上げた。

誉さんに行き先を任せ、バイクで走ること十分。街路樹の植わる、木漏れ日の美しい白川通から住宅街に入り、しばらく行くと、目の前に石造りの鳥居が現れた。神額には「赤山禅院」の文字が見える。

バイクのまま鳥居を潜ると、門があり、誉さんはその先の駐車場でバイクを停めた。

「ふぅ」

ヘルメットを脱いで、息を吐いた誉さんは暑そうだ。

「朝だからまだましだが、真夏にバイクはキツいな。装備が暑い」

確かに、八月に、フルフェイスのヘルメットと長袖のライダースジャケットといういでたちは暑苦しい。

(でも、安全のためだものね)

私も、誉さんの横で装備品を脱ぐ。誉さんは私の手から、ヘルメットとジャケットを受け取ると、バイクの車体に引っかけた。

「しんどくなればすぐに言えよ」

「はい」

「それじゃ、参拝に行くか」

駐車場から、砂利の敷き詰められた参道に出た。頭上では、もみじを始め、青々と葉を茂らせた木々が目に爽やかだ。

「赤山禅院って、神社なんですか？」

歩きながら問いかけると、誉さんは私を見下ろし、「違う」と答えた。

「寺だ。鳥居は、神仏習合の名残だな。赤山禅院の御本尊は赤山明神《せきざんみょうじん》といって、中国の道教《どうきょう》の神・泰山府君《たいざんふくん》だ。日本では、陰陽道の神としても知られているな」

誉さんの解説に耳を傾ける。

「そして、御所から北東に位置する赤山禅院は、鬼門封《きもんふう》じの寺でもある」

少し歩くと階段があり、上ると、目の前に拝殿が現れた。近付いてみれば、「皇城表鬼門」の札が掛かっている。

「本当ですね。鬼門って書いてあります」

「屋根の上を見てみろ」

誉さんに促されて頭上を見上げると、屋根の上に金網で囲まれた場所があり、中に何かが入っている。

「お猿さん……？」

目を凝らしてみれば、それは猿の像だった。

「どうして金網の中にいるのかな。まるで、逃げないように閉じ込められているみたい……」

思わずつぶやいた私を見て、誉さんが面白そうに目を細めた。

「察しがいいな。あの猿は、鬼門を守る猿なんだ。鬼門というのは、丑寅《うしとら》の方角のことだ。鬼門を封じるためには、裏鬼門の未申《ひつじさる》の猿を置く。でも、あの猿は、夜な夜な悪さをして回ったから、逃げないように、ああして閉じ込められたんだ」

「なんだか可哀想ですね」

気の毒な気持ちで猿を見上げる。今は立派にお役目を果たしているに違いない。

拝殿を回り込み、本殿へ向かう。こちらにも「皇城表鬼門」の札が掛けられている。赤い体をした阿吽の狛犬が、赤山大明神を守っていた。

誉さんと二人、静かに手を合わせる。

「ここは、『都七福神』の一つで、福禄寿《ふくろくじゅ》が祀られているお社もあるんだ。こっちだ」

誉さんの後に続きながら、

「『都七福神』ってなんですか？」

と、尋ねる。

「『七福神めぐり』を知らないか？　恵比寿《えびす》、大黒天《だいこくてん》、毘沙門天《びしゃもんてん》、弁財天、福禄寿、寿老人《じゅろうじん》、布袋尊《ほていそん》の、福を授けてくれる七福神を回る祈願のことだ。『七福神めぐり』のコースは色々あるんだが、ここは『都七福神』というコースの中の一カ所になっている。福禄寿というのは、中国の道教の神で、南極星の化身であり、泰山府君と同一の神だとも考えられた」

「だから、赤山禅院に福禄寿もお祀りされているんですね！」

お寺と神社、神様たちの関係は面白いと、あらためて思う。

福禄殿でもお祈りをした後、そばの授与所で御朱印を書いていただき、私たちは境内を後にした。

駐車場まで戻り、再びヘルメットとライダースジャケットを身に着けて、バイクに跨がる。

次の目的地は、鞍馬寺だ。

白川通へ戻り、さらに北へ走る。

鞍馬街道を走るうちに、山が近くなり、民家が少なくなった。以前も訪れたことのある貴船神社の一の鳥居を横目に通り過ぎれば、鞍馬寺まですぐだった。

駐車場を探しだし、バイクを停める。身軽な格好になり、少し歩くと、目の前に鞍馬寺の山門が現れた。

「立派ですね」

「仁王門だ。行くぞ」

階段を上り、仁王門を潜る。本殿までは九十九折《つづらお》りの参道を登らねばならないが、今回は時間節約で、途中までケーブルに乗っていくことにした。

ケーブルを降りて、山の上の駅を出る。赤い灯籠が連なる参道は、途中から階段へと変わった。ふうふう言いながら一番上まで辿り着くと、目の前に、立派な本殿金堂《ほんでんこんどう》が現れた。

「着いた……」

胸を押さえて息を整えている私を見て、誉さんが笑っている。

「稲荷山の時も思ったが、あんたは体力がないな」

「あはは……」

おっしゃるとおりなので、苦笑しながら聞き流した。

御本尊に手を合わせるため、まずは本殿金堂に入る。

「鞍馬山の信仰は、尊天《そんてん》信仰というんだ。尊天とは、この世に存在しているもの全てを生み出している、宇宙エネルギーのことらしい。それらは、月輪の精霊・

千手観世音菩薩《せんじゅかんぜおんぼさつ》、太陽の精霊・毘沙門天王《びしゃもんてんのう》、大地の霊王・護法魔王尊《ごほうまおうそん》として姿を表し、これら三身一体として『尊天』と称する」

「宇宙エネルギー……」

お寺なのにＳＦのような話にびっくりした。

本殿金堂前には、石畳になった金剛床《こんごうしょう》という場所があり、中心に正三角形の石が埋め込まれていた。

「ここは宇宙のエネルギーが集まるパワースポットだ。そばに立ってみろ」

私は勧められるがままに、正三角形の石のそばに立った。その途端、体がしびれるような感覚があり、息を呑んだ。

「誉さん、エネルギーを感じます！」

興奮している私を見て、誉さんが感心したような顔をする。

「さすが愛莉だな。常人はあまりわからないぞ」

「そうなんですか？」

こんなにビリビリくるのに。

（でも、ちょっと体に負担が……）

石のそばから離れ、誉さんのところへ戻る。

「あんたの感覚の鋭さには感心するぜ」

（あ、なんだか嬉しい……）

誉さんに褒められて、誇らしい気持ちになった。

本殿金堂の前には、一対の虎の像が建っている。

「鞍馬寺の御使いは虎なんですね」

「毘沙門天の神使が虎なんだ。聖徳太子《しょうとくたいし》が戦勝祈願をした際、毘沙門天が姿を現したのが、寅の年、寅の日、寅の刻だったらしい。そのことに由来すると言われているようだな」

「へぇえ……」

「虎も確認できたことだし、下りるか。次へ行こう」

「はいっ」

私たちは、帰りもケーブルに乗り、鞍馬山を下山した。

「さて、次は午だが……いくつか候補はあるが、上賀茂神社に行こうと思う」

颯手さんは午に関する神社の名を、三つ挙げていた。誉さんが選んだのは、上賀茂神社、正式名称・賀茂別雷《かもわけいかづち》神社だった。

上賀茂神社に着き、一の鳥居を潜った私は、

「広いですね！」

と、驚きの声を上げた。目の前に芝生の広場が広がり、真ん中に参道が通ってい

る。

「上賀茂神社は、京都で最も古いお社だといわれている。御祭神は賀茂別雷大神《かもわけいかづちのおおかみ》。雷のように強い力を持つ神様ということで、災い避けの神、また、都が平安京に移る時、上賀茂神社のお社が北東にあたるように御所を建てたことから、方除《ほうよけ》、鬼門除けの神としても信仰されている」

誉さんが歩きながら、上賀茂神社について教えてくれる。

「上賀茂神社といえば、葵祭《あおいまつり》が有名だが、五月五日に、『賀茂競馬《かもくらべうま》』という神事があるんだ。もともとは、宮中で五月五日の節会《せちえ》に催されていたんだが、一〇九三年に、堀河《ほりかわ》天皇の、天下泰平・五穀豊穣御祈願のため、上賀茂神社に移された」

「競馬《くらべうま》って競馬《けいば》みたいなものですか？」

「いいや、違う。競馬《くらべうま》は、左方《さかた》と右方《うかた》に分かれて、二頭ずつ馬を走らせる。騎手を『乗尻《のりじり》』というんだが、舞楽の衣装を着て馬を操る姿は格好良くて、迫力あるんだぜ」

「だから、午に関係する神社ということなんですね。競馬《くらべうま》、見てみたいです」

「なら、来年、見に来るか」

話しながら二の鳥居のそばまで来ると、神馬舎《しんめしゃ》があった。神社の神馬舎には、よく馬の模型が祀られているが、中には何もない。

「……？」

不思議に思い首を傾げた私を見て、誉さんが、ふっと笑う。

「今は夏休みでいないらしい」

「夏休みだからいない？　何がですか？」

「上賀茂神社には、生きた神馬がいるんだぜ。普段は、日曜日と祝日、大きな祭りがある時に出社している。暑さに弱いから、この時期は来ないんだそうだ」

「へぇえ！　そうなんですね。会ってみたかったなぁ」

残念な気持ちで神馬舎を通り過ぎ、二の鳥居を潜った。真っ先に目についたのは、三角に盛られた二つの砂だ。

「あの建物は細殿《ほそどの》。その前にあるのは、賀茂別雷大神が降臨したという、神山《こうやま》をかたどった立砂《たてずな》だ。立砂の上に松葉が刺さっているだろう？　昔、神山から引いてきた松を立てて、神迎えをしていた名残らしい」

立砂は、綺麗な円錐形だ。

細殿を回り込み、手水舎で身を清めてから小川を渡る。朱色の楼門を入ると、中門《ちゅうもん》があり、本殿はその奥だった。階段を上り、中門の前で手を合わせる。

上賀茂神社での参拝をすませた後は、誉さんのオススメだというラーメン店で昼食をとってから、巳の妙音辨財天《みょうおんべんざいてん》――出町妙音堂《でまちみょうおんどう》へ向かうことになった。

出町妙音堂は、賀茂川《かもがわ》と高野川《たかのがわ》が合流する出町柳《でまちやなぎ》にあるらしい。

着いてみれば、そこは小さなお堂で、入口には鳥居が建っていた。赤山禅院と同じく、神仏習合の名残なのだろう。

「ここは、相国寺《しょうこくじ》の塔頭《たっちゅう》・大光明寺《だいこうみょうじ》の飛地《とびち》なんだ」

誉さんに続いて、境内に入る。敷地は狭い。

お堂に近付いてみると、中に蛇の像がお祀りされていた。

「なるほど、巳がいますね」

「御本尊は青龍妙音辨財天画像。芸能上達や、怨敵退散、財宝満足などのご利益で信仰を集めている。……といっても、ここにはおられないんだがな」

「えっ？　そうなんですか？」

「今は、相国寺の中にある承天閣《じょうてんかく》美術館に保管されている。一度見たことがあるが、白い肌と青い衣装が映える、美しい弁天様だったな」

「いつでも見られるんですか？」

「常設展示はされていないから、運が良ければ……というところだな」

出町妙音堂はさっくりと見学し、今度は神泉苑を目指す。

神泉苑は、現在は東寺真言宗《とうじしんごんしゅう》のお寺だ。もともとは、平安京造営の際に造られた、宮中の付属庭園だったそうだ。

八二四年、干魃《かんばつ》が起こった際、弘法大師空海《こうぼうだいしくうかい》が神泉苑に善女龍王《ぜんにょりゅうおう》を勧請し、祈雨の法を行って雨を降らせた。それ以降、神泉苑では、祈雨修法が盛んに行われるようになった。八六三年には、疫病などを流行させている怨霊を鎮めるための御霊会も行われており、それが祇園祭の発祥となったそうだ。

かつては南北約五百メートル、東西約二百五十メートルに及ぶ大庭園だった神泉苑は、今では縮小されてしまっている。法成就池《ほうじょうじゅいけ》に住まわれるという龍神も、少し狭い思いをしているかもしれない。

神泉苑も、それほど時間をかけずに見学し、次は嵐山《あらしやま》へ向かうことになった。

法輪寺《ほうりんじ》は、嵐山の渡月橋《とげつきょう》の近くにあった。子供が十三歳になると、智恵を授かるためにお参りをする『十三まいり』という風習がある。法輪寺は、その『十三まいり』で有名なお寺なのだそうだ。

石段を登り、境内に入ると、正面に本堂が見えた。

「羊はどこにいるんでしょう?」

「あそこだ」

誉さんの指の先に視線を向ける。屋根の付いた、小さな建物の中に、羊の像があった。

「羊は、ここの御本尊である虚空蔵菩薩《こくうぞうぼさつ》の御使いだとも、化身だともいわれている」

「あれっ？　あの人……」

羊の像の前に若い女性が佇んでいる。その姿を見て、私は思わず声を上げた。彼女は、昨日、『Cafe Path』に来た客に間違いない。

「どうした？」

問いかけてきた誉さんに、

「あの人、昨日、『Cafe Path』に来て、十二支の寺社をお参りするって話していた女の人です」

と、教える。

「なら、彼女も羊を見にきたんだな」

私たちは先に本堂の前で手を合わせると、羊の像へと歩み寄った。

「こんにちは」

声をかけると、スマホを触っていた女性は、驚いたように顔を上げた。戸惑っている様子だったので、

「昨日は、『Cafe Path』に来てくださってありがとうございました。私、そこの店員で、水無月愛莉といいます」

と、名乗ると、昨日のことを思い出したのか、女性は「ああ！」と言って、目を丸くした。

「昨日、カフェで話しかけてくださった店員さん」

「そうです。十二支のいる神社仏閣を回るって、話してくださいましたよね。それで私も興味が出て、今日は友人と一緒に寺社めぐりをしているんです」

「えっ？　私の話を聞いて？」

私が女性の真似をしたことに、彼女は驚いたようだ。

「次は申ですか？」

「はい」

頷いた女性が暗い表情だったので、どうしたのだろうと小首を傾げる。

「ここまで順調に来られたんですけど、次の申の場所がわからなくて、行き先に迷っていたんです」

ふぅと息を吐いた女性に、私は、にっこりと笑いかけた。

「申なら、赤山禅院じゃないですか？　私たち、午前中に行ってきたんです」

「でも、申の寺社って、いくつかあるみたいで……」

「申だったら、どこでもいいんじゃないですか？」

難しい顔をしている女性に、気軽な口調でそう言うと、彼女は首を横に振った。

「どこでもいいわけではないんです。——実は去年も、この時期に、十二支の寺社めぐりをしたんです。でも、その時は、この法輪寺までしか来ていなくて。京都旅行で、十二支の寺社を回ろうって言い出したのは、当時交際していた彼氏でした。『行き先は調べておくから』と言われたので、彼に全部任せました。だから、私は、行き先を知らなかったんです」

（当時の彼氏……っていうことは、別れてしまったということ？）

どう相づちを打ってよいのかわからずにいると、そんな私を見て、女性が苦笑した。

「実は、その旅行の最中、彼と、些細なきっかけで大げんかをしたんです。頭にきた私は、彼をおいて東京に帰りました。その後、素直に謝ればよかったのに、意地をはって連絡もしなくて。そのまま、彼との関係は、自然消滅してしまったんです」

「そうだったんですか……」

「時間が経つにつれて、彼と別れてしまったことを、後悔するようになりました。でも、怒りにまかせて連絡先も消していたから、コンタクトも取れなくて。――ううん、本気で仲直りをしたかったのなら、彼の家に行くなり、会社に行くなりして、会うことはできたと思う。ただ……謝る勇気がなかった。今回の旅行は、彼が行こうとしていた寺社を回って、未練を吹っ切るための旅行なんです。……ごめんなさい。いきなりこんな話をされても困りますよね」

女性は申し訳なさそうな顔をしていたが、私は、彼女はきっと思い詰めていて、誰かに話を聞いてもらいたかったのだろうと思った。

「そういう事情なら、どこでもいいというわけにはいきませんね」

「そうなんです」

私の言葉に、女性が力強く頷く。

「誉さん、この方の彼氏さんが行こうとしていた申の寺社、どこだと思いますか？」

誉さんが顎に手をあて、考え込む。

「申の寺社の候補なら、赤山禅院と同じく、京都の鬼門を守ってきた猿神像が祀られている幸神社……寺社ではないが、御所の『猿が辻』という手もあるな」

（幸神社って、どこにあるんだろう。スマホの地図アプリで調べてみよう）

リュックを下ろし、スマホを取り出そうとしたら、女性が「そういえば……」と口を開いた。

「彼、『申は女性に人気の場所らしいよ』って言っていました。私も喜ぶんじゃないかって」

「女性に人気？　……あっ！」

そう聞いて、私はピンときた。

「八坂庚申堂《やさかこうしんどう》！」

瑞葉《みずは》の京都観光に付き合った時、東山の八坂庚申堂を訪れた。正式名称は、大黒山金剛寺《こんごうじ》八坂庚申堂という。

人間の体の中には、三尸《さんし》の虫という虫が住んでいるらしい。この虫は、庚申の日の夜に、寝ている人間の体から抜け出し、天帝にその人間が行った悪行を告げに行くのだそうだ。天帝は寿命を司る神なので、罰として、その人間の寿命を減らしてしまう。三尸の虫は、人間が寝ている間しか外に出ることができないので、庚申日は徹夜をする、庚申待ちという行事が生まれたらしい。八坂庚申堂の御本尊である青面金剛《しょうめんこんごう》は、三尸の虫を喰うといわれ、庚申待ちに、青面金剛を拝むようになった。

境内には、『くくり猿』という、手足をくくられた猿を模した、カラフルな玉がぶら下げられたお堂がある。玉は布で作られていて、赤、黄、青、緑と、色鮮やかで可愛らしい。『映えスポット』として、女性に人気なのだとか。

猿は青面金剛の御使いらしい。

なぜ、お堂に『くくり猿』がぶら下げられているかというと、人の心も猿のように落ち着きがないが、欲につられて心が動かないように、『くくり猿』に願いごとを託し、青面金剛にうまくコントロールしてもらおう、という願掛けなのだそうだ。

私の答えに、誉さんがパチンと指を鳴らした。

「なるほど。八坂庚申堂にも猿がいるな」

「八坂庚申堂？　それはどこですか？」

首を傾げた女性に、

「清水寺の近くの小さなお寺ですよ」

と、教える。

「場所はこのあたりです」

スマホの地図アプリで所在地を示そうとした私に、女性がおずおずと問いかけた。

「あの……もしご迷惑でなければ……十二支の寺社めぐりを手伝ってもらえませんか？　私一人では、彼が行こうとしていた寺社がわからないかもしれません。地元の方に、お知恵を貸していただけたら助かります」

私と誉さんは顔を見合わせた後、

「いいですよ」

「構わない」

と、頷いた。

とはいえ、私と誉さんはバイク、彼女は公共交通機関を使っている。一緒に移動することはできないので、現地で落ち合う約束になった。

東山の八坂庚申堂は、レンタル着物を着た若い女性たちで賑わっていた。着物姿とカラフルな『くくり猿』が映えるので、皆、熱心に写真を撮っている。

先に着いた私たちは、境内で女性――名前は、園田優未《そのだゆみ》というらしい――を待った。

本堂の中に、見ざる言わざる聞かざるの三猿が祀られている。愛嬌のある顔立ちだ。

「写真でも撮ってやろうか？」

本堂でお参りをした後、境内をぶらぶらしていると、手持ち無沙汰なのか、誉さんがスマホを取り出した。

「じゃあ、お願いします」

『くくり猿』が吊られているのは、本堂ではなく、賓頭盧尊者《びんずるそんじゃ》という、お釈迦様の弟子がお祀りされた小さなお堂だ。神通力を持っていた賓頭盧尊者は、その力をみだりに使ったため、お釈迦様に叱られて、涅槃《ねはん》に入ることを許されず、お釈迦様が亡くなった後も、衆生を救い続けなさいと命じられたのだそうだ。

私は『くくり猿』のそばに立つと、誉さんのほうを向いた。周りの女子たちが可愛らしいポーズをとっていたので、私も真似をしようかと思ったが、恥ずかしかったので、普通に微笑んでおいた。

「撮るぞ」

「はいっ」

スマホが、カシャと音を立てる。

「もういいぞ」

誉さんのところまで歩いていって、差し出されたスマホを覗きこんでみると、かしこまった表情の私が映っていた。

（なんだか、硬い……）

変な顔だと思っていたら、誉さんは、ふっと微笑んだ。

「綺麗に撮れたな。後で送っておく」

（綺麗……）

その言葉に、思わずドキッとした。

（いやいや、私じゃなくて、写真が鮮明に撮れたっていうことだよね）

頭の中で言葉の意味を急いで変換し、早まった鼓動を落ち着かせようと、小さく深呼吸をしていると、誉さんが山門に目を向けた。

「園田さんが来たようだ」

園田さんのほうも私たちに気が付いたのか、駆け寄ってくる。

「すみません、お待たせしました。ここ、とっても可愛いお寺ですね」

『くくり猿』を見て、園田さんの口もとがほころぶ。

「彼が、私が喜ぶって言っていた意味がわかりました」

『くくり猿』にお願いごとをして、一つ欲を我慢すると、願いが叶うそうですよ」

「あ、本当。字が書かれていますね」

鈴なりに吊り下げられた『くくり猿』には、「恋人ができますように」「親友とずっと一緒にいられますように」など、様々な願いごとが記されている。

「『彼と幸せでいられますように』『好きな人と結婚できますように』……なんだか、可愛らしいお願いが多いですね」

園田さんは、優しくも、少し寂しそうなまなざしで、『くくり猿』に託された願いごとを読んでいる。すると、その視線が、はたと止まった。

「このお猿さん……」

手を伸ばし、赤い『くくり猿』に触れる。

「どうかしたんですか？」

私は園田さんのそばに立つと、彼女が見つめる『くくり猿』に目を向けた。そこには――。

『園田優未とよりを戻せますように。佐々遼太《ささりょうた》』

今日の日付と共に、そう書かれていた。

「遼太……？　遼太なの？」

園田さんが震える声で名前を呼んだ。

（この佐々遼太さんって、もしかして、園田さんの元彼……？）

「佐々さん、まさか、さっきまでここにいたんじゃ……」

私の推測に、園田さんが目を見開く。

「遼太っ！」

駆け出した園田さんを、私と誉さんは慌てて追いかけた。

山門の外へ飛び出した園田さんは、きょろきょろと周囲を見回した。

「遼太、どこ？ どこにいるの？」

けれど、この場にいるのは女性グループやカップルばかりで、一人きりの男性旅行者は見当たらない。園田さんが落胆したように肩を落とす。

「誉さん、もしかして、佐々さんも、十二支めぐりをしているんでしょうか？」

「かもしれない。急いで追えば、酉の寺社で会えるかもしれない」

「なら、早く行きましょう！」

急かした私の肩を、誉さんが「落ち着け」と押さえる。

「酉の寺社がどこなのか考えよう。実は、俺にも、酉だけ心当たりがなかったんだ」

（そういえば、颯手さんも、酉の寺社が思いつかないって言ってた……）

「鶏は天照大神の神使だが、はっきり鶏との関係を示している神社は、京都市内にはなかった気がするな。ならば、他の鳥か？ 八幡神の鳩か？ 熊野神の八咫烏か？」

誉さんが顎に手をあてながら、ぶつぶつとつぶやいている。

私は園田さんのそばへ行くと、

「園田さん。酉の寺社について、佐々さんは何か言っていましたか？」

と、聞いてみた。園田さんは、一年前の佐々さんとの会話を思い出そうとしているのか、遠いまなざしで宙に目を向けた。

「酉……酉の寺社……。……そういえば、『酉だけの寺社は見つからなかったから、少し反則技を使おうと思う』って、言っていたような気がします」

「反則技？」

首を傾げると、誉さんが、ハッとした表情で顔を上げた。

「なるほど、わかったぞ」

「今のヒントでわかったんですか？」

身を乗り出し、勢い込んで尋ねると、誉さんは、にやりと笑った。

「確かに、反則技だ」

「ここが、酉の神社？」

私は、賀茂御祖神社《かもみおやじんじゃ》の楼門の前で、誉さんを振り返った。

通称・下鴨《しもがも》神社。上賀茂神社と合わせて、賀茂神社と呼ばれている。

「京都でも最も古い部類に入ると言われている神社だな。御祭神は、賀茂建角身命《かもたけつぬみのみこと》と、その娘の玉依媛命《たまよりひめのみこと》。玉依媛命が鴨川で禊をしていた時に、上流から丹塗の矢が流れてきた。媛が矢を床《とこ》に祀って眠ると、懐妊した。そして生まれたのが、上賀茂神社の御祭神・賀茂別雷大神《かもわけいかづちのおおかみ》だという神話がある」

「上賀茂神社と下鴨神社って、そういう関係なんですね」

「そして、日本を建国した神武《じんむ》天皇を大和まで先導した八咫烏は、賀茂建角身命の化身した姿だとされている」

「じゃあ、佐々さんが、ここを酉の神社に当てはめたのは、賀茂建角身命の化身が八咫烏だからですか？」

「いいや、たぶん違う」

誉さんが首を振った時、『糺《ただす》の森』から園田さんが走ってきた。私たちのもとまでやってくると、息を切らせながら、

「すみません、遅くなりました……！」

と、謝った。

「遼太らしい人はいましたか？」

「いいえ。それらしい人は見かけていません」

佐々さんは、年は三十一歳で、中肉中背の、おっとりした雰囲気の男性だと聞いて

いる。今のところ、それぐらいの年齢の男性とはすれ違っていない。

「とりあえず、中へ入ろう」

誉さんが私たちを促し、先に立って楼門を潜った。

境内は広く、建物が多かった。白砂が太陽の光に反射して眩しい。

「中央にあるのが舞殿《まいどの》。葵祭の際、勅使が御祭文を奏上し、歌舞が奉納される建物だな。右手の建物は橋殿《はしどの》。祭事の際に芸能が奉納される。橋殿のそばに流れている御手洗《みたらし》川の向こう側には、井上社《いのうえしゃ》という清めの社がある。俺たちの目的の場所は中門《ちゅうもん》の向こう側だ」

先導する誉さんの後に続き、中門を潜る。すると、参拝者が祈禱を受ける幣殿《へいでん》の前に、小さなお社が建っていた。お社の数は七社あり、それぞれに幕が掛かっていて、大きく「辰」「申」、「寅」「戌」などと書かれている。

「あっ、十二支！」

私が声を上げると、誉さんがにやりと笑った。

「末社の言社《ことしゃ》だ。御祭神は大国主命《おおくにぬしのみこと》。大国主命にはたくさんの名前があるんだ。大国魂神《おおくにたまのかみ》・顯國魂神《うつしくにたまのかみ》・大国主神《おおくにぬしのかみ》・大物主神《おおものぬしのかみ》・大己貴神《おおなむちのかみ》・志固男神《しこおのかみ》・八千矛神《やちほこのかみ》。ここでは、名前ごとにお社が設けられ、干支の神として祀られている。大国主命と干支との関係はわかっていないそうだが、北斗七星の信仰に関するお社らしい」

「じゃあ、酉のお社もあるんですか?」

「もちろん」

酉のお社はすぐに見つかった。御祭神は志固男神で、干支は「卯」と「酉」だ。私たちはお社に歩み寄った。

「全ての十二支がそろっているから、十二支めぐりで行き先に迷ったら、ここにくれば解決ですね。……というより、むしろ、ここにくれば十二支めぐりは完結するんじゃ……」

「どんなカードにでもなれるジョーカーみたいなもんだな。だから、反則技だ。でも、どこの寺社にどんな動物がいるのかを探しだして、一カ所一カ所回ったほうが楽しいよな」

誉さんが面白そうに笑う。

園田さんが酉のお社の前に立ち、手を合わせた。熱心に祈っている。きっと、佐々さんと会えるよう、願っているのだろう。

しばらくして目を開けた園田さんは、佐々さんの姿を探すように周囲を見回した。けれど、私たち以外の人間は、ここにはいない。

「もしかして、佐々さんは、もっと先に進んでしまったんでしょうか」

次は戌だ。確か颯手さんは、即成院というお寺を挙げていた。

「そうかもしれないな。しかし……今からだと、拝観時間に間に合わねぇな……」

「でも、行くだけでも行ってみましょうよ」

「急ぐか」

誉さんは幣殿の前で手を合わせた後、中門へ足を向けた。私も慌ててお祈りをし、誉さんの後を追う。園田さんは、元気がない様子で、私たちの後についてくる。

境内を歩きながら、園田さんがぽつりと、

「ケンカなんてしなければよかった」

と、つぶやいた。

「すぐに謝ればよかった。どうして、あの人から離れてしまったんだろう……」

「園田さん……」

泣きだしそうな園田さんに寄り添い、軽く腕に触れる。

「水無月さん。もし、あなたにも大事な人がいるのなら、何があっても、絶対に離したらダメですよ。そうでないと、私のように後悔するから……」

潤む瞳で、園田さんは私に忠告をする。「大事な人」と言われて、誉さんの顔が浮かび、私は彼の背中に目を向けた。

いつの間にか、私たちは、朱色の楼門の前まで戻っていた。誉さんが立ち止まり、私たちが追いついてくるのを待っている。

最後に佐々さんの姿を探すように、園田さんが後ろを振り向いた。私もつられて、振り返る。すると、御手洗川の向こうから、一人の男性が歩いてくる姿が目に入った。園田さんの、息を呑む音が聞こえた。

「遼太っ……」

園田さんが、弾かれたように走り出す。

「園田さん！」

私の声に気が付いた誉さんが、駆け寄ってくる。

遠目でもわかった。佐々さんは、三日前に、岡﨑神社で私に写真を撮ってほしいと頼んだ男性だった。

「そうか、あの人だったんだ……」

園田さんが、佐々さんの胸に飛び込んだのが見えた。佐々さんが驚いたような顔で、園田さんを受けとめている。

「無事に会えたみたいだな」

私の隣で、誉さんが柔らかい声を出した。

「会えましたね」

ほっとした気持ちと、自分のことのように嬉しい気持ちで、抱き合う二人を見守る。

（きっと、二人の仲は戻るはず）

――あなたにも大事な人がいるのなら、何があっても、絶対に離したらダメですよ。

園田さんの言葉を思い出し、誉さんに目を向けると、彼は、園田さんと佐々さんを見守るように、優しい微笑みを浮かべていた。その表情を見て、胸が苦しくなるような愛しさを感じた。

（私、誉さんの笑顔が好きだ）

彼が、いつも私の隣で笑っていてくれたら、嬉しいと思う。

（――私、いつの間にか、誉さんのことが好きになっていたんだ）

気が付いた途端、鼓動が早くなり、私はそれを抑えようと、胸に手をあてた。

「どうした、愛莉？　気分でも悪いのか？」

俯いている私を見て、誉さんが心配そうにこちらを向いた。

「大丈夫ですよ。あちこち回ったので、ちょっと疲れただけです」

顔を上げ、にっこりと笑ってみせる。

「そうか？　少し顔が赤い気がするぞ。今日は暑かったからな。どこかで休んで、水分補給をしたほうがいいな。この近くに、みたらし団子の美味い店があるから、そこへ行くか」

「みたらし団子、いいですね」

私が頷くと、誉さんは、私の背中を軽く叩いて歩きだした。足が長いのに、私に速度を合わせてくれる。そんな彼の気遣いが嬉しかった。

六章　鵺《ぬえ》大《だい》明《みょう》神《じん》の鵺

「愛莉さん、そろそろ閉店しよか」

最後の客が帰り、店に誰もいなくなったタイミングで、颯手さんが私に声をかけた。

「えっ？　もうですか？　早くないですか？」

『Cafe Path』の閉店時間はしっかりと決まっておらず、日が傾いたら、という曖昧なものだが、今はまだ、窓の外は明るい。

「今日は台風が近付いているみたいやし、早く帰ったほうがええし」

「そういえばそうでしたね。結構大型なんでしたっけ」

私は今朝見た天気予報を思い出した。深夜から明け方にかけて、近畿を直撃するとの予想らしい。

「もうお客さんも来はらへんやろうし、閉めてもええやろ」

「じゃあ、そうしましょう」

私と颯手さんは、念入りに戸締まりをした後、一緒に店を出た。『哲学の道』の遊歩道を並んで歩く。

（そういえば、今日は、誉さんに悪いことをしちゃったな……）

私は、仕事中にしでかしてしまった失敗を思い出し、溜め息をついた。

ランチタイムが過ぎた頃、いつものように、誉さんがやってきた。オーダーを受けたコーヒーをテーブルに運んだ時、手を滑らせて、誉さんの膝の上に中身をぶちまけてしまったのだ。

慌ててふきんで拭こうとしたら、誉さんに手首を掴まれた。

「俺のことはいいから、あんたはやけどをしていないか？」

真剣なまなざしで問われて、心臓が跳ねた。こくこくと頷いた私の動きは、操り人形のように硬く、不自然だったと思う。

（だって、誉さん、急に手を握るんだもの……）

そもそも、コーヒーをこぼしてしまったのだって、ひげを剃って髪を結んだ誉さんに見とれていたからだ。

（私、本当に、あの姿に弱いよね……）

好きだと自覚してからは、特にドキドキするようになったと思う。

「はぁ〜……」

後悔と照れで頬を押さえて息を吐いたら、隣を歩く颯手さんがこちらを向いた。

「どうかしたん？　もしかして、誉にコーヒーこぼしたこと、気にしてるん？」

図星を突かれて恥ずかしくなる。そんな私の様子を見て、颯手さんは、くすりと笑った。

「気にしいひんでいいのに。あれぐらいで、やけどなんてしいひんよ」

「そうですけど、誉さんの一張羅を汚しちゃいました」

「一張羅って」

颯手さんが吹き出す。

「誉やって、きちんとした服の二枚や三枚、持ってるで。ただ、快適重視やから、普段はよれよれの服を着ているだけで」

「快適重視……」

今度は私が颯手さんの言い様に笑ってしまった。

「誉は、よれよれの服で無精ひげの時は、ほんまにおじさん臭いからなぁ。まだ二十代やのに」

颯手さんの辛辣な言葉に、私は苦笑した。

「どっちの姿の誉さんも好きですよ、私」

だらしない姿の時も、きちんとした姿の時も、誉さんらしいと思う。

すると、颯手さんは私の顔を見て、目を瞬かせた。

「愛莉さん、誉のこと、好きなん?」

「えっ？」

一瞬、何を聞かれたのかわからなかった。すぐに、自分の言葉を思い返し、「あっ」と動揺する。

「そ、その、友人として！　友人として好きだっていうだけで……」

「ほんまに？」

颯手さんがめずらしく、人の悪い笑みを浮かべている。

私は、どう弁解しようかと、口をぱくぱくとさせたが、悪戯っぽい目で私を見つめる颯手さんの視線に負けて、

「………好きです」

観念して、白状した。

颯手さんは優しいまなざしを私に向けると、

「いつからなん？」

と、問いかけた。

「たぶん、ずっと前からだと思います。でも、好きだって気が付いたのは、一カ月前に、一緒に十二支めぐりをした時で……」

「なるほど。最近、愛莉さんの誉に対する態度が挙動不審やったんは、それでなんやね」

「きょ、挙動不審？　嘘っ！」

「嘘とちゃうで。朝からそわそわしていることが多いし、誉が来たらやけに嬉しそうやし、帰ったらめっちゃ寂しそうな顔をする」

「ええ～……」

私は両手で顔を隠した。自分はそんなにわかりやすいのだろうか。

「……恥ずかしいです……」

「別にええやん。可愛《かい》らしいと思うで」

颯手さんはそう言ってくれたが、私の顔は熱い。

「もしかして、誉さんにも気付かれていたり……しません、よね……？」

「どうやろ。あれで鋭い男やからなぁ」

「ううっ……」

ますます恥ずかしくなる。顔を上げられないでいると、颯手さんに、

「告白すればええやん」

と、さらっと勧められた。顔からパッと手を離し、颯手さんのほうを向く。

「できませんよ。そんな勇気ないです！　それに……」

「それに？」

「前に、なっちゃんが言っていましたよね。恋人ができると、神使が見えなくなるっ

て」

「ああ、そのこと。そんなに気にすることないんとちがう？　恋人ができても、なんもしいひんかったらええだけのことやし」

「なんも……って……」

ふと、元彼を思い出した。彼とギクシャクするようになったきっかけは、私が彼を拒絶したからだ。

「でも、男の人って、その……」

言いにくくて、言葉を濁す。

「愛莉さんの昔の彼氏がどんな人やったかは知らへんけど、皆が皆、同じと違うで。大切な相手なら、大事にしようって思うやん」

「少なくとも、誉はそういう男やで」と続けて、颯手さんは、私を安心させるように微笑んだ。


その日の夜、台風は見事に京都市を直撃した。

（このアパート、壊れたらどうしよう……！）

思わずそんな心配をしてしまうほど、建物が揺れ、窓ガラスが音を立てている。心配でドキドキしながら一夜を明かしたが、翌朝になると、台風一過、昨夜のことが嘘のように空はカラッと晴れ渡った。

けれど、テレビを点けると、流れているのは台風の被害ばかりだった。どこそこで建物が倒壊したとか、看板が落ちて人に直撃しそうになったとか、川が溢れたなど……。京都の神社仏閣も被害を受け、強風で建物が損壊したところもあるらしい。

「うわぁ……ひどい有様になってる」

どこかの神社の壊れた拝殿の映像を見て、胸が痛くなった。

(こんなに壊れちゃって、直せるのかな？　直すにしても時間もお金もかかるし……この神社の関係者の方たちは、いくら天災が原因とはいえ、この状況を悲しんでいるだろうな……)

天災だからこそあらがえなくて、余計にやりきれないかもしれない。その気持ちを想像し、無性に悲しくなった。

『Cafe Path』は、昨日しっかり戸締まりをしたこともあり、どこにも被害が出ていなかった。落ち葉でいつもより散らかっている道を綺麗に掃き清めた後、「Open」の札を扉に掛けたが、さすがに台風の翌日ともなると、誰も入ってこない。

(久しぶりの閑古鳥だ)

一年と少し前。初めてこの店を訪れた時、『Cafe Path』はあきらかに流行っていなかった。けれど、颯手さんと二人で頑張ってきて、それなりにお客様も増えてきた。

旅行のガイドブックに掲載されたことも大きいかもしれない。

颯手さんは暇にまかせて、ノートパソコンに経費を入力する作業を始めたようだ。領収証を集めた缶を、カウンターの上に置いている。

手持ち無沙汰にテーブルを拭いていると、不意にカランとドアベルが鳴った。ようやくお客様が来たと思い、嬉しい気持ちで振り返る。

「いらっしゃいませ……あ、誉さん！」

店に入ってきたのは、誉さんだった。昨日の颯手さんとの会話を思い出し、ドキッとする。

「お疲れさん」

誉さんは私に向かって軽く片手を上げると、窓際のテーブルの椅子を引き、長い足を組んで座った。

「颯手、コーヒー」

テーブルにつくなり、キーボードを叩いていた颯手さんに、短くコーヒーを注文する。

「はいはい」

颯手さんは手を止め、キッチンへ入っていった。

ピッチャーから水をグラスに注ぎ、誉さんの席へ運ぶと、

「サンキュー」

誉さんが私のほうへ手を差し出した。グラスを握り、受け取る。ほんの少し指と指があたり、たったそれだけのことなのに心臓が跳ねた。

グラスに軽く口を付けてテーブルに置いた後、誉さんはバッグからタブレットを取り出した。

誉さんは基本的に『Cafe Path』に、漫画の仕事に関するものは持ってこない。ここでは、のんびりと休みたいらしい。私が、タブレットをいじる誉さんの様子を見ていると、彼がこちらを向いた。

「愛莉、ちょっとそこに立ってみろ」

「はい……？」

言われるがまま、テーブルのそばに立つ。すると、誉さんは私の頭のてっぺんからつま先まで見回した後、ペンを握った。タブレットにペンを滑らせ始めたので、なんだろうと思って覗きこんでみたら、彼が描いていたのは女性の絵だった。

「それって、もしかして私ですか？」

驚いて尋ねると、誉さんはタブレットに目を向けたまま、

「読み切りで描いた平安時代ものが好評でな。続編を描くことになった。サブキャラに姫を出したいから、モデルになってくれ」

と、素っ気なく言った。

「え、私がモデル？」

「嫌か？」

「嫌じゃないです！」

慌てて両手を横に振る。

（嬉しい……かも）

そう思った途端、急に体が火照った。

誉さんが時折、上目遣いで私に視線を向ける。そのたびに心臓の音が早くなり、体温が上がる。タブレットの中に女性の姿が浮かび上がっていく。

（綺麗な絵だな。これが私……）

静かに絵を描く誉さんのそばで、私は彼と、彼の絵を、じっと見つめていた。

すると、背後で、こほんと咳払いが聞こえ、

「お邪魔して、かんにん」

振り返ると、颯手さんが立っていた。手に持ったトレイの上に、コーヒーカップを載せている。

「コーヒー、入ったで」

「サンキュー」

誉さんが手を止め、タブレットを裏返す。まるで、颯手さんに絵を見られたくないというようなしぐさだった。

颯手さんはテーブルの上にコーヒーを置くと、

「ほな、ごゆっくり」

カウンターに戻りかけ、ふと何かを思い出したかのように足を止めた。

「誉、そういえば、知っとる？　昨夜の台風で、鵺大明神《ぬえだいみょうじん》さんのお社が壊れたらしいで」

「鵺大明神が？」

誉さんがコーヒーカップから唇を離し、真面目な表情を浮かべている颯手さんの目を見つめ返す。

「朝のニュースで見たけど、半壊してたわ」

タブレットを取り上げ、液晶画面に指を滑らせ、誉さんは「なるほど……」とつぶやいた。タブレットの中に、地元新聞の記事が表示されている。掲載された写真には、小さなお社が、傾いた木の下敷きになり、潰れている様子が写っていた。

写真を見つめる誉さんの眉が、僅かに寄る。

「大丈夫やろか？」

颯手さんがなぜか心配そうに問いかけたが、

「……何かあれば、依頼が来るだろう」

誉さんはそう答え、タブレットを離して、再びコーヒーに口を付けた。

＊

そして、台風から一週間ほど経った『Cafe Path』の定休日。

私は午後から岡崎へ行こうと、朝から掃除や洗濯に励んでいた。

岡崎は、平安神宮や美術館、動物園など、文化施設が多いエリアだ。その中にある『京都市勧業館《かんぎょうかん》みやこめっせ』では、今日は紅茶のイベントが開催されていた。

（無料でいろんな紅茶の試飲ができるんだよね。フードコーナーも出るみたいだし、楽しみ）

早く掃除を終わらせようと張り切って掃除機をかけていると、何気なく点けていたテレビの音が耳に入ってきた。

「交通事故のニュースです。今日未明二時三十分頃、京阪電鉄『三条駅』近くの交差点で、普通自動車が住宅にぶつかるという事故が起きました。運転していた男性は、目の前を大きな獣のようなものが横切り、ハンドル操作を誤ったと話しています。今回の事故で、運転していた男性は軽傷……」

京都のローカル番組のニュースコーナーで、若い男性アナウンサーが神妙な面持ちで読み上げたニュースを聞き、私は眉をひそめた。

「大きな獣？　いのししかな？」

山に近い場所なら、出没することもあるらしいが、こんな街中にまで来るものだろうか。

首を傾げながらもテレビのスイッチを切り、掃除機をしまう。部屋着のスウェットを脱いで、シャツワンピースに着替えた。九月の下旬とはいえ、まだ暑い日が続いている。半袖でも十分なぐらいだが、季節感もあるので、長袖にした。

ハンドバッグを手に取り、部屋を出ると、廊下でタバコを吸っていた誉さんと目が合った。

「どこか行くのか？」

「はい。ちょっと『みやこめっせ』へ。紅茶のイベントがあるんです」

にこっと笑って答える。

「岡崎か……。気を付けて行けよ。暗くなる前に帰って来いよ」

誉さんの、まるで子供に言い聞かせるかのような言い方に少しむっとして、私は思わず拗ねた声を出してしまった。

「私、小さな子供じゃないですよ」

誉さんは一瞬きょとんとした後、目を細めた。

「悪かった。あんたは大人の女だったな」

今度は「大人の女」という言葉にドキッとして、息を呑む。私が予想外の反応をみせたからか、誉さんが「失言だった」というような顔をした。

「セクハラまがいなことを言っちまったな。悪い」

「いいえ、違います。ただ……」

「ただ？」

「私、誉さんより年下ですし、そう言われるの、意外だったっていうか……。『大人の女』だったら、恋愛対象に……なります、よね……？」

語尾は、もにょもにょと小さくなってしまった。俯いて、指をもじもじと絡めていると、額を指で弾かれた。

「冗談言っていないで、出かけたらどうだ？　イベントに遅れるぞ」

「痛っ」と言って顔を上げたら、誉さんは笑みを浮かべていた。

その顔を見て、無性に悔しくなる。

（本気にされてない……）

「……誉さんのばかっ」

子供のように悪態をついて、階段を駆け下りる。

鹿ヶ谷通の歩道へ出ると、私はもう一度、

「馬鹿……」

と、つぶやいた。

『みやこめっせ』の紅茶のイベントは楽しく、試飲コーナーでは、たくさんの種類のお茶を試飲させてもらい、物販コーナーでは、気に入った紅茶とスコーン、輸入菓子を購入した。

(お菓子は一部は誉さんにお裾分けして、あとはお店で颯手さんと一緒に食べよう)

ほくほくしながら建物の外に出ると、先ほど日が落ちたところなのか、空は青紫色に変わりつつあった。

(岡崎神社の前を通って帰ろうかな。狛うさぎさん、元気かな)

そんなことを考えているうちに、どんどん周囲が暗くなってくる。

(……こういう時間帯を、『逢魔が時』っていうんだっけ)

異界と現世の境目があやふやになる時間帯のことだ。『逢魔が時』には、人ではない何か――幽霊とか妖怪とか――を見たりするらしい。

(もしかすると、誉さんや颯手さんには、そんな世界が見えているのかな)

陰陽師の彼らなら、『逢魔が時』に不思議なものを目にすることができてもおかしくはない。

（今のところ、私に見えるのは神使だけだけど……）

二人の域とは、天と地ほどの差があるのだろう。どうしても近付けない溝のようなものを感じ、少し寂しくなった。その時、

「お嬢さん、お伺いしてもよろしいですか？」

背後から声をかけられ、私はびっくりして振り返った。

にこやかな笑顔を浮かべて立っていたのは、黒いスーツに黒いシャツ、黒いハットをかぶった男性だった。年の頃は三十代半ばといったところだろうか。落ち着いた雰囲気を漂わせた、素敵な人だ。

（真っ黒だ。暑くないのかな？）

男性は、汗一つかいていない。

「はい、なんでしょうか？」

道でも尋ねたいのかと思いながら問い返すと、男性はやはり、

「地下鉄の場所をお聞きしたいのです」

と答えた。

「地下鉄でしたら、ここからだと、『蹴上《けあげ》駅』か、『東山《ひがしやま》駅』が近いと思います。この神宮道《じんぐうみち》をまっすぐに行って、『蹴上駅』なら左、『東山駅』なら右に行けば着きます

よ」

通りの向こうに目を向け、指差しながら教えていると、男性が何やら、口の中でつぶやいた。聞き取れなかったので、何を言ったのだろうと思い、男性のほうを向いて小首を傾げる。

視線と視線がまっすぐに合った。男性の瞳は衣装と同じように漆黒で、深い闇のようだ。吸い込まれるように見つめていると、突然、背中が重くなった。

――さても、我は悪心持つあやかしとなり、仏法、天皇の治めるこの地に、災いを起こさん……！

頭の中に声が響いた。それはひどく恐ろしく不気味な声で、私は思わず体を震わせた。

(何……？　これは誰かの思念？)

私が思念を受け取る時は、大抵、霊体だとか、想いの込められた物体だとかに触れた時だ。今、私は、何も触れてはいない。

――どこだ、頼政《よりまさ》。どこだどこだどこだ。

誰かの憎悪の感情が押し寄せてきて、息苦しさを感じ、胸に手をあてる。

――憎らしや。憎らしや。

凝り固まったような暗くて重い憎しみに圧倒され、必死に耐えていると、黒ずくめの男性が、私の顔を覗きこんだ。

「どこかご気分でも悪いのですか？」

「あ、いいえ……大丈夫、です」

見知らぬ人に心配をかけてはいけない。痩せ我慢をして答えたら、突然ふっと体が軽くなった。

（……あれ？　楽になった……？）

「体調が悪いようでしたら、タクシーをお呼びしましょうか？」

男性が提案してくれたが、私はもう一度「大丈夫です」と答えた。

「そうですか。お気を付けて。駅の場所を教えてくださってありがとうございました。どちらかの駅に行ってみます」

男性は私にいたわりの言葉をかけると、会釈をして去っていった。

アパートに帰り部屋に入った途端、どっと疲労感が押し寄せてきて、私はふらふらとベッドまで行くと、その上に倒れ込んだ。

（なんでこんなに疲れてるの、私……）

確かに、イベント会場でたくさん歩いた。足に疲労が溜まっていても不思議ではないが、こんなに全身が疲れるなんておかしい。

襲いかかって来る睡魔に耐えきれず、私はそのまま眠ってしまった。

ご飯を食べなきゃ、とか、お風呂に入らなきゃ、という考えが脳裏に浮かんだが、

（ダメ……もう、眠い）

＊

丑の刻。『東三条《とうさんじょう》の森』から黒雲の中に隠れ、私は御殿へとやってきた。檜皮葺《ひわだぶき》の屋根の上で、今夜も甲高い鳴き声を上げる。

「さても、我は悪心持つあやかしとなり、仏法、天皇の納めるこの地に、災いを起こさん！」

すると、不意に御殿の広庇《ひろびさし》から狩衣《かりぎぬ》姿の男が現れ、

「夜な夜な御上《おかみ》を悩ます化け物め。覚悟せよ！　南無八幡大菩薩《なむはちまんだいぼさつ》！」

と叫び、矢を放った。

黒雲を切り裂き飛んできた矢は、あやまたず私の胸に刺さり、私は悲鳴を上げ、屋根から転がり落ちた。

「仕留めたぞ、おう！」

声が上がり、すぐに、弓を持った狩衣姿の男と、刀を持った従者らしき男が走り

寄ってくる。

まだ息をしている私に気が付いたのか、従者が刀をふりかざした。

――そして私は、刃に貫かれ、絶命した。


「大変申し訳ないのですが、契約は更新されないことになりました」

電話口でそう切り出した派遣会社の担当は、言いにくそうに告げた。

「あ……はい、そうですか……。わかりました……」

なんとなく、次の契約は危ないかもしれないという予感は抱いていた。私は、呆然としながらも、了承することしかできなかった。

恋人に別れを告げられたのは、それから数日後。

「お前とは別れる」

「どうして」と泣いて引き留めたら、冷たく突き放された。

「お前ってすぐ泣くよな。すぐ泣く女って、重いわ。お前、ネガティブで、口を開けば愚痴ばかりだし、そういうところは好きになれなかった」

私がネガティブな人間だということは、私が一番わかっている。

ネガティブだから、周りの人の感情が気になって仕方がない。誰かがひそひそと話していれば、私のことを悪く言われているのじゃないかとびくびくする。

自分に自信なんて、ない――。

「重たい女、上等じゃねぇか」

真っ暗闇だった私の心に差し込んだ光。

「弱いということは、他人の痛みがわかるということだ。優しく繊細な気質は、他人の気持ちを察し、思いやることができる」

そう言ってくれたのは、誉さん。

彼の言葉に、私は救われた。

(大好きです)

けれど、きっと彼は、私のことをなんとも思っていない。

頰に消えない傷を付けた、昔の女性を、今もきっと想っている。

私が彼の心を手に入れることはできない。

(手に入れられないのなら、いっそ、消してしまえばいいんじゃない?)

誰かの声が、私の心に重なった。

*

丑三つ時。私は、誉さんの部屋の前に立っていた。頭がなぜかぼんやりとしていて、夢現の状態だった。

玄関扉の隙間から明かりが漏れていて、誉さんが、まだ起きていることがわかる。

コンコンと扉を叩くと、少しの間の後、扉が開き、誉さんが顔を出して、不思議そうに私を見た。

「なんだ、あんたか。こんな時間に何か用か？」

私は無言のまま誉さんに近付くと、勢いよく手に握っていたものを突き出した。

誉さんが、素早い動きで反応し、私の腕を掴んだ。

「いきなりどうしたんだ！」

誉さんは私の手から包丁を奪い取ると、部屋の中へと放り投げ、暴れている私の両手首を握った。

「憎し、頼政！」

私の喉から、私ではない声が、恨みの言葉を叫ぶ。

「死ね！　死んでしまえ！」

「――まさか、憑かれたのか？　愛莉！　しっかりしろ！」

私の瞳の奥に何かを見つけたような顔をして、誉さんが肩を掴んだ。

心の中に、暗い感情が渦巻き、負の言葉が脳内をぐるぐるとめぐる。

（悔しい悔しい悔しい、恨めしい恨めしい恨めしい、殺してやる殺してやる殺してや

る）

それは誰か別の者の声のようにも聞こえ、自分の声のようにも聞こえた。

誉さんが私から一瞬離れ、近くに立てかけてあった弓に手を伸ばした。その隙に、私は身を翻した。廊下の手すりに飛び乗り、思いきり跳ねる。

飛び降りたら怪我をするであろう高さから、軽やかに地面に着地する。

部屋から飛び出てきた誉さんが私を呼ぶ声が聞こえたが、無視をして走りだした。

「愛莉、待て！」

体がとても軽い。なんなら、月にまで跳び上がることができそうだ。

地面を蹴り、鹿ヶ谷通を駆ける。

月に誘われるように通りを走りながら、私は鳥のように鳴き声を上げた。


どこまで走ってきたのか——懐かしい梢の音が聞こえ、私は足を止めた。

鳥居を潜り小さな神社の境内に入り、本殿に目を向けると、そばに大銀杏の御神木が立っていた。それを目にした途端、胸が締め付けられるほどの郷愁を覚えた。

私は助走をつけて銀杏の枝に跳び上がると、体を横たえた。懐かしい森の香りがする。その香りに身を委ねながら、私は目を閉じた。

どれぐらいの時が経ったのか――。

「やっぱりここにいたか」

「予想どおりやったなぁ」

声に起こされ目を開けると、眼下に、弓矢を持つ男性と、手に鳥籠を持つ男性がいた。彼らの姿に、昔、自分を討ち取った、憎い敵の姿が重なり、私は枝の上に立ち上がると、低い唸り声を上げた。

――頼政は我を討って名をあげた。我はうつほ舟に押し入れられて淀川に流された。我はただ一人、舟の中で朽ちていった。ただ我を照らしていたのは山の端の月だけ。我の狐独を救うものは誰もいなかった――。

（悔しい、恨めしい――）

「あかん。意識持ってかれてはる」

鳥籠を持つ男性――颯手さんが弱ったように私を見上げた。

「愛莉！　こっちを見ろ。しっかり俺の声を聞け！」

弓矢を持つ男性――誉さんが、私の目を見つめ、声を張り上げる。

「いいか。そいつはあんたじゃない。あんたが今感じているのは、あんたではなく、そいつの感情だ。心に境界線を引くんだ。そいつの感情を、心から追い出せ！」

真剣な声音に、何者かに乗っ取られていた私の意識が、表層へと上ってくる。

てしまえ。

「誉、さん……？」

（心配してくれているの……？）

——心配などしているものか。お前は負の感情にまみれた女ではないか。

私に取り憑いている何者かが囁いてくる。

——だから、殺してしまえ。手に入れることができないのなら、傷つく前に、殺してしまえ。

（私がこんな風に弱いから、きっと誉さんは私のことを想ってくれないんだ）

「いいか、愛莉、よく聞け。あんたは弱い女じゃない。他人の悪意やネガティブな想いを優しく受けとめて、心に寄り添うことができる、強い女なんだ。——そんなあんたが、そいつに操られるはずがない！」

誉さんの声が遠くに聞こえる。ぼんやりとする意識の中で、私は誉さんに問いかけた。

（あなたの言うとおり、私は本当は強いのだと思ってもいいの？）

私の質問に答えるように、何者かが頭の中で低い声を響かせる。

——騙されるな。あいつは嘘を言っている。

（誉さんは嘘を言わない。誉さんが、ネガティブで気にしすぎる私の気質は人を思いやれる長所だと言ってくれたから、ほんの少し、自分に自信が持てるようになった

の）

——騙されるな。殺してしまえ。

「騙されてなんていない！」

声に出して否定をした途端、頭が一気にクリアになった。その瞬間、ぐらりと体が傾ぎ、私は「キャッ」と悲鳴を上げて、木の幹にしがみついた。

（私、どうしてこんなところにいるの？）

なぜ樹上にいるのかわからない。細い木の枝に立つ自分の足が震えてくる。すると、すぐそばで獣の唸り声が聞こえた。恐る恐る振り返り、「ひっ」と息を呑む。

頭が猿、体は狸、手足が虎、尾が蛇という、奇っ怪な生き物が、すぐそばで、私を睨みつけていた。

「キャアッ！」

悲鳴を上げた私に、

「愛莉、俺のところへ降りて来い！　大丈夫だ。絶対に受けとめる」

地上にいる誉さんが心強い声をかけた。

私は眼下を見た。高い。けれど、やるしかない。

次の瞬間、私は銀杏の木の枝から飛び降りていた。まっすぐ誉さんの腕の中に向かって落ちていく——。

「よしっ！　よく飛び降りた」

誉さんは私の体を受けとめ、一瞬ぎゅっと抱きしめた後、すぐさま颯手さんに預け、

「うまく離れたな」

銀杏の上の化け物に向かって矢を向け、弦を引き絞った。

「『南無八幡大菩薩』」

祈りの言葉をつぶやくと、勢いよく弦から手を離す。

誉さんの放った矢は、ヒュンッ、と空気を切り裂く音を立て、樹上の獣の胸に刺さった。化け物が雄たけびを上げる。

「鵺ってほんまに、頭が猿で、体は狸、手足が虎で、尻尾が蛇なんやなあ」

目の前にどさっと落ちてきた化け物を見て、颯手さんは感心したようにそう言うと、支えていた私の体から手を放し、胸に矢を受けてのたうち回っている鵺に、恐れげもなく近付いていった。

「『黄泉《よみ》つ鳥　我が垣下《かきもと》に　鳴きつれど　人しな聞きつ　行く魂《たま》もあらじ』」

颯手さんがすらすらと三度歌を詠むと、鵺の体はみるみる縮んで小さくなり、一羽の鳥に姿を変えた。矢がぽとんと落ちる。怪我をして弱っている鳥を、颯手さんはそっと掴むと、手に持った鳥籠の中へ入れた。

「捕まえたで」

鳥籠の蓋を閉め、誉さんに向かって掲げ、にっこりと笑う。

それを見て誉さんは深く長い息を吐いた後、この一連の出来事が一体どういうことなのかわけがわからず、呆然としている私を振り返った。そして、つかつかと私に近付いて来ると、腕を掴んで引き寄せた。

「……心配した」

私の頭をぎゅっと胸に押し付け、絞り出すような声で囁く。

「誉さん……？」

痛いほど抱きしめてくる誉さんの背中を、そっと抱き返す。

颯手さんが籠の中に閉じ込めた鳥が、鵺によく似た声で、もの悲しげに一声鳴いた。

＊

「ええと、結局、私はあの時どうなっていたんですか？」

翌朝、誉さんの部屋を訪れた私は、ローテーブルを挟んで座る、誉さんと颯手さんに向かって尋ねた。

「簡単に言うと、愛莉さんは、鵺大明神のお社から逃げだした鵺の化身に憑りつかれててん。鵺いうんは、平安時代後期、近衛《このえ》天皇を悩ませた化け物や。清涼殿《せいりょうでん》に夜な夜な憑りついた鵺の鳴き声で、近衛天皇は病気になってしもうたんやけど、それを倒したのが源頼政《みなもとのよりまさ》いうお人やったんや。愛莉さん、最近ちょっと悩んではったみたいやし、それが、頼政に倒されたっていう鵺の無念の気持ちと、シンクロしてしもたんちゃうかな。本来、見えないはずの人にも、鵺の姿が見えることもあったみたいやし、よっぽど念が強かったんやと思う」

颯手さんが目の前の鳥籠の中にいる鳥に餌を与えながら、説明してくれる。

「鵺大明神……って、こないだ台風でお社が壊れたって言っていたところですよね」

「鵺大明神は『源頼政が鵺を退治した時に使った鏃《やじり》を洗った』っていう伝説の池があった場所に建ってる神社やねん」

小首を傾げて尋ねると、颯手さんはさらにそう教えてくれる。

「じゃあ、私が……というか、鵺が逃げていった神社も、鵺と何か関係があるんですか?」

疑問が多くて、私はさらに質問を重ねた。

「あそこは『三条駅』近くにある大将軍《たいしょうぐん》神社という。桓武《かんむ》天皇が平安京を造営した時、霊的に都を守るために建てられたという伝説のある神社だ。そして、かつては、

『東三条の森』という、鵺が棲む森があったといわれているんだ」

　誉さんが颯手さんの言葉を引き継ぐように答えてくれた。

「ああ、だから鵺は『懐かしい』って思っていたんですね……」

　取り憑かれていた時の鵺の気持ちを思い出し、少し切なくなった。

「鵺はどうしてこの子に姿を変えたんですか？」

　私が、体に斑点のある茶色の鳥に目を向けると、誉さんは籠の中の鳥を人差し指で突いた。

「鵺は架空の化け物で、正体はトラツグミだったともいわれている。この鳥の鳴き声が、鵺の鳴き声に聞こえたんだろう、ってな」

　鳥は抗議をするように「ヒョーヒョー」と甲高い悲しげな声で鳴いている。

「あの、それで……どうするんですか、この子」

「もしかしてこのまま飼うんですか？」と聞いたら、

「お社が新しく完成したら、連れてこか」

　トラツグミに餌を与え終わった颯手さんが鳥籠の蓋を閉めた。

「まあ、愛莉さんが飼いたいって言わはんのやったら、このまま飼《こ》うてもええけど」

　悪戯っぽい目を向けられ、肩をすくめる。

「可愛いですけど……遠慮します」

「ほんならこの子は、それまで僕が預かっとくし」

颯手さんは鳥籠を持って立ち上がると、玄関で靴を履き、誉さんの部屋の扉に手をかけた。

「お邪魔虫は帰るし、二人で仲良うしよし」

ひらひらと手を振って出ていった颯手さんの背中を、「仲良う……？」と首を傾げながら見送る。

「あいつ……」

誉さんが小さく舌打ちをした。

「……？」

小首を傾げた私を見て、誉さんは、やれやれといった様子で頭を掻いた。そして、何かを誤魔化すように、

「あんた、どこで鵺に憑かれたんだ？」

と、尋ねた。

「わかりません。――あっ、そういえば、岡崎に行った時、黒いスーツに黒いシャツっていう黒ずくめの男の人に道を聞かれて、その時に急に体が重たくなりました」

記憶を思い返しながら答えたら、誉さんは、怪訝そうな顔をした。

「黒ずくめの男……？　そいつに、他に何か聞かれたか？」

「特には。笑顔が素敵な人でしたよ」

「……愛莉。今後、もし、そいつに会ったとしても、絶対に近付くな」

なぜか念を押され、私は、

「そんな偶然、あると思いませんけど」

と、笑った。

＊

「失敗ですか。天皇を悩ませた化け物も、存外、役に立たないものですね」

鹿ヶ谷通沿いの古いアパートを見上げ、独り言ちる。

台風で崩れたのをよいことに、鵺大明神の社から、鵺を引っ張り出してきた。神格化していた鵺に昔の恨みを思い出させて、水無月愛莉に憑け、あわよくば、神谷誉を殺せればと思ったのだが。

「まあ、いいでしょう。この稼業を続けていたら、そのうち機会もあるでしょう」

頭から黒いハットを取り上げ、胸の前にあてると、アパートに向かって優雅にお辞儀をする。

「それでは、また。忌々しい、拝み屋殿――」

最終章　大原野《おおはらの》神社の神鹿

乱れた髪を肩から前に垂らし、手早く三つ編みにする。ビジューの付いたヘアゴムで結わえていると、ヘルメットとジャケットをバイクに引っかけていた誉さんが振り返った。

「いちいち髪を結ぶなんてマメだな」

「風に煽られて、くしゃくしゃになっていたので……」

「そうか？　あんたの髪はさらさらしているから、乱れているようには見えなかったが」

誉さんに髪を褒められ、ドキッとする。

「結べたら、行くか」

けれど、私のドキドキには気付かない様子で、誉さんは歩きだした。

今、私と誉さんがいるのは、西京区《にしきょうく》にある大原野《おおはらの》神社だ。

大原野神社は、長岡京が遷都された時、藤原氏の氏神である、奈良の春日大社《かすがたいしゃ》の分霊を迎えて創建されたと伝えられている。藤原氏の一族に女性が生まれると、天皇に嫁いで中宮や皇后になれるよう、祈願をされた神社らしい。御祭神は、建御賀豆智命《たけみかづちのみこと》、伊波比主命《いわいぬしのみこと》、天之子八根命《あめのこやねのみこと》、比賣大神《ひめおおかみ》で、政治や知恵の神様、また、良縁を授けてくださる女性の守護神として崇敬されている。――と、ここまで来る途中、バイクを運転しながら、誉さんが教えてくれた。

誉さんは最近、バイク用のインカムを買った。それのお試しのためのツーリングに、私を誘ってくれたのだ。

石造りの鳥居を潜り参道に入った途端、すっと気温が下がったような気がして、清浄な空気を感じた。

「もみじが綺麗ですね……！」

頭上を覆うもみじを見上げ、歓声を上げる。

「完全に紅葉したら、もっと綺麗だろうな」

人気のない参道を、もみじを眺めて歩きながら、私は誉さんに話しかけた。

「インカムって便利ですね。ヘルメットを被っていても、お喋りできるんですもん」

バイク用のインカムはヘルメットに取り付けて使い、ツーリングの際、仲間と会話ができたり、Bluetoothでスマホと接続し音楽を聴いたりすることができるらしい。

「バイク用って二つセットで売られているんですか？」

「別にそういうわけじゃない」

「そうなんですか？」

それなら、なぜ二つ買ったのだろうと不思議に思った。

参道を進み、手水舎まで行くと、巻物を加えた鹿の像があり、巻物から水が流れていた。

「ここの神使は鹿なんですね。ふふっ、可愛い」

「春日大社の神使が鹿だからな。春日大社の御祭神が、鹿に乗ってやってきたと伝えられていて、奈良では鹿は神の使いだと大切にされているんだ」

作法に則り手と口を清め、ハンカチで拭っている私に、柄杓を手に取りながら、誉さんが教えてくれる。

「奈良って、あちこちに鹿がいるんですよね？」

「奈良公園に、うじゃうじゃいるぞ」

「一度、奈良も行ってみたいんですよね」

私は奈良を訪れたことがない。奈良の鹿は『鹿せんべい』が好きらしい。「あげてみたいなぁ」と思っていたら、柄杓をもとに戻した誉さんが、こちらを向いた。

「なら、今度行くか？」

「えっ？」

「バイクで行けばいい」

「連れていってくれるんですか？」

弾んだ声を上げると、誉さんは頷いた。

（誉さんと、またツーリングができる！　もしかして、誉さんがインカムを二つ買ったのって……）

ふと、自分に都合のよい想像が脳裏をよぎり、私は慌てて「きっと、万が一、壊れた時のための替えだよね」と、否定した。

（私とツーリングをするためなんじゃないか……なんて、そんな都合のいい解釈、違っていたら悲しくなる）

誉さんは、私のことをなんとも思っていない。

（友人だとは思ってくれているみたいだけど……）

友人以上の関係になりたいのは、きっと私のほうだけなのだろう。

手水で身を清めた後、私たちは三の鳥居を潜った。境内は見晴らしがよく、広々としている。正面の本殿へ向かうと、階段の上に、一対の神鹿の像が建っていた。右側の神鹿には立派な角が付いているので雄だろう。左側は雌だろうか。どちらも可愛い顔をしている。

階段を上って中門の前に立ち、お祈りをしようとした時、

「『伊勢物語《いせものがたり》』という話を知っているか？」

唐突に、誉さんが問いかけてきた。

「ええと、古典文学ですよね。学生の時に、少しだけ授業で習いました」

どうしていきなり『伊勢物語』なのだろうと、首を傾げる。

「『伊勢物語』の中に、『芥河《あくたがわ》』という話がある。ある日、一人の男が、想い続けていた女を攫って逃げるんだ。芥河というところまで来た時、世間知らずの女が言った。『あのきらきら光る白玉のようなものはなぁに?』と。逃げることで精一杯の男は答えなかった。夜も更け、雨が降り、雷が鳴り始めた。一軒のがらんとした倉に入って、女を置くと、男は弓を持って戸口に座り、番をした。夜が明けて、倉の中を見回すと、女の姿は消えていた」

「女の人はどこにいっちゃったんですか?」

不思議な話の結末を尋ねる。

「女は、鬼に食べられてしまったんだ。悲鳴を上げたが、雷の音が強くて、男は気が付かなかった。男は泣きながら後悔する。女が、『あのきらきら光る白玉のようなものはなぁに?』と尋ねた時に、『あれは露だよ』と答えて、二人で露のように消えてしまえばよかった――とな」

「悲恋ですね……」

想い人とようやく一緒になれると思ったのに、それが叶わなかった男の気持ちを考え悲しくなる。

「『伊勢物語』は、女は鬼に喰われたのではなく、親族に連れ戻されたのだと続けている。その男のモデルは在原業平《ありわらのなりひら》で、女のモデルは藤原高子《ふじわらのこうし》だという説がある。入内前に、業平と高子は恋人関係にあったのではないか、とな。高子は清和《せいわ》天皇の女御《にょうご》になった。そして、天皇の后になった高子が大原野神社に参詣した際に、業平がつき従い、ここで『大原や　小塩《をしお》の山も　今日《けふ》こそは　神代のことも　思ひ出づらめ（大原野の小塩の山にいらっしゃる神様も、今日ばかりは、神代の昔の、天孫降臨のことを思い出されたのでしょう。あなたも、私と親しかった昔を思い出しておられることでしょう）』と和歌を詠んだといわれている」

私は、かつての恋人の行啓《ぎょうけい》につき従った、在原業平の気持ちを想像した。

しんみりしていると、不意に、誉さんが私の腕を取った。袖をめくられ、急にどうしたのだろうとびっくりする。

「跡……残っちまったな」

私の腕には、空狐に噛まれて付いた傷跡が、僅かに残っていた。

「気にしていません。小さいですし」

明るく笑ってみせたが、誉さんは、ぼそっと、

「俺は気にする」

と言った。

「拝み屋の俺がそばにいたら、あんたはまた怪我をするかもしれない。大切な人を守りきれないのは、もう勘弁だ。それなら、離れたほうがいい」

（離れたほうがいいって、どういうこと？　守りきれなかった人って、花蓮さん……？）

誉さんの恋人だった女性のことを思い出し、胸がきゅっと痛くなる。

（やっぱり、誉さん、今でも花蓮さんのこと……）

俯いて唇を噛む。

誉さんは私の腕を離すと、今度は両手を取った。

「でもな……俺は、あんたが俺の気が付かないうちに鬼に喰われちまったら、耐えられないんだよ」

強く手を握られ、顔を上げる。誉さんは、真剣なまなざしで、私を見つめていた。

「天地神明に誓う。何があっても、絶対に守る。――だから、俺の隣にいろ」

力強い言葉を聞いて、胸が震えた。

「………」

感動のあまり声が出てこなくて、ただ誉さんを見つめ返していたら、誉さんは片手を離し、弱ったように頭を掻いて、横を向いた。

「……お参りをするか」

誉さんのもう片方の手も離れそうになったので、引き留めようと、ぎゅっと握り返す。

「私っ……誉さんの隣に、ずっといたいです……！」

潤んでしまった瞳から、涙が零れないようにこらえながら、気持ちを言葉にすると、誉さんの目が細くなった。

「――そうか」

私の大好きな笑顔だ。

風が吹き、三つ編みから漏れた髪が揺れる。ヘアゴムのビジューが、光を反射して、きらりと輝く。

繋いだ手を離すと、誉さんは、私の髪を耳にかけ、そのまま、指ですっと頬を撫でた。けれど、すぐに、照れ隠しのように視線を逸らしてしまう。

「お参りをしたら、御朱印でももらいに行くか」

「そうですね。私、おみくじもひきたいです」

そっと目頭を押さえて涙を拭い、明るい声で答える。

「ここのおみくじは可愛いぞ。木彫りの神鹿が巻物を咥えてるんだ」

「へえ～！　そうなんですね！」

他愛ない会話をしながら中門へ向き直る。

柏手が静かな境内に響いた。

《了》

《主要参考文献一覧》

『図説日本呪術全書』豊島泰国著　原書房
『図説憑物呪法全書』豊嶋泰國著　原書房
『祈禱儀礼の世界　カミとホトケの民俗誌』長谷部八朗著　名著出版
『イチから知りたい日本の神さま2　稲荷大神』中村陽監修　戎光祥出版
『神社のどうぶつ図鑑』茂木貞純監修　二見書房
『お寺のどうぶつ図鑑』今井淨圓監修　二見書房
『幸せを呼び込む！　神様のおつかい動物手帖』新居美由紀編　笠倉出版社
『解註謡曲全集218　鵺　kindle版』野上豊一郎著　やまとうたeブックス
『今昔物語集　本朝世俗篇（下）全現代語訳』武石彰夫訳　講談社
『伊勢物語全釈』中野幸一・春田裕之著　武蔵野書院

※作中の神様の名前は、各神社の由緒に則っております。

幸せスイーツとテディベア

卯月みか　装画／24

大学卒業が迫る中、就職活動にことごとく玉砕していた大学生・瀬尾明理。真夏の炎天下、企業説明会の帰りに道に迷ってしまいカフェの前でうずくまっていた明理はお店の店員、市来慎に店内に招かれる。『ティーサロン Leaf &テディベア工房 ShinHands』――テディベアがショーウィンドウに並ぶそのカフェに入ってみると、出迎えたのは、等身大の生きているテディベアだった！オーナーであるテディベアが作るスイーツは人を癒やし、慎の作るテディベアは人を笑顔にする。これは不思議なティーサロンとテディベアの物語。

宮廷書記官リットの優雅な生活

鷹野 進　装画／匂歌ハトリ

王家の代筆を許される一級宮廷書記官リットが、少年侍従トウリにせっつかれながらも王家が催す夜会の招待状書きにとりかかっていたところ、ラウル第一王子からの呼び出しを受け、タギ第二王子の婚約者の内偵を命じられる。世間では悪役令嬢なるものが流行っていて、その筆頭がその婚約者らしい。トウリとともに調査に乗り出すリットだったが、友人である近衛騎士団副団長ジンからタギを巡る三角関係の情報を得るも、事態は夜会での大騒動に発展し——!?

三つ編みの宮廷書記官が事件を優雅に解き明かす宮廷ミステリ、開幕。

一二三文庫

京都桜小径の喫茶店2
～神様の御使いと陰陽師～

2022年10月5日　初版第一刷発行

著　者　卯月 みか
発行人　山崎 篤
発行・発売　株式会社一二三書房
〒101-0003
東京都千代田区一ツ橋2-4-3 光文恒産ビル
03-3265-1881
http://www.hifumi.co.jp/
印刷所　中央精版印刷株式会社

ISBN 978-4-89199-872-1